ゆめこ縮緬

皆川博子

角川文庫
21799

目次

ゆめこ縮緬

文月の使者

1

「指は、あげましたよ」

背後に声がたゆたった。

空耳。いや、なに、聞き違え……。

くずれ落ちた女橋のたもと、桟橋への石段を下りようとしたときだった。川面《かわも》まで ほんの三、四段。すりへった石段は海綿のように、一足ごとにじわりと水を吐き出す。振り返ろうとして足がすべり、あやうく身をたてなおす、その間に、声の主は、消えていた。怪しげな術を使ったわけでもあるまい。路地のかげに曲がって行ったのだろう。

明石縮《あかしちぢみ》が透けたすがすがしい夏ごろも。パラソルが、くるりとまわったような気がする。いや、パラソルなんぞさしてはいなかった。襟足を涼やかにみせた櫛巻《くしまき》。身にまとったのも、白地に藍《あい》の菖蒲《しょうぶ》を染めた浴衣《ゆかた》。素足に下駄《げた》。その鼻緒が男物のような黒で……ぬかるんだ道を、足の指も踵《かかと》も真っ白なまま。

なにしろ、振り向いたときは姿がなかったのだから、声から想像をたくましくするほかはない。ちょっと嗄《しゃが》れぎみの、それでいてなまめかしい……。

声の主ばかりではない、だれひとり、人の姿は見えない。

昨夜の雷をまじえた豪雨が、中洲《なかす》の住人をきれいさっぱり洗い流してしまったとでもいうのか。

男橋、女橋、二つながらに壊れ落ちていた。男橋は、落雷にあったらしい。折れ砕けた橋桁《はしげた》は焼け焦げて黒かった。後追い心中でもしたか、女橋は腐れた橋桁が折れ曲がり、橋板はななめに歪《ゆが》んで、片端は水に没している。

はじめて女橋をわたり中洲を訪れたのは、三年前。すでに、欄干が朽ち、板に穴があいた、危うい橋ではあった。そのときも、豪雨に襲われた。二つの橋が落ちたら、孤立無援の中洲は、舟になってただよいだすんじゃないか。そう言ったのは、弓村だったっけが。

昨日、女橋をわたって中洲にきたときは、まさか、これが落ちるとは思わなかった。

渡船場の桟橋には、小舟がもやってある。

濁った水が、桟橋を洗う。その板も腐って黴《かび》とも青苔《あおごけ》ともつかぬ錆《さび》色まだら。水かさがました川面には芥《あくた》もくたが漂い、杭《くい》にひっかかって、鳰《にお》の浮巣のようだ。

船頭は客が集まるまでどこかで休んでいるのか、姿が見えない。もやった舟は、半ばまで淦《あか》がたまって、気色悪い。これで人が乗ったら、沈みそうな。

地面が吸い込んだ昨夜の雨は、温気《うんき》となってたちのぼり、おそろしく蒸す。頭上から照りつける陽の光さえ、熱い霧の束となって降り注ぐ。目の前のものが揺らいで見える。

指はあげましたよ。空耳でなければ、聞き違えだ、と、もう一度自分に言い聞かせながら、ふところ手を袂《たもと》にのばし、さぐった。つぶれかかった莨《たばこ》の紙箱。あけてみるとシガレットのかわりに断ち切った指なんぞ入っていて……。

ばかばかしいと苦笑しながら、紙箱をとりだす。一服、と思ったのだ。空っぽだ。くしゃくしゃになった銀紙ばかり。握りつぶして、水に投げ捨てた。

ふと、目についた。杭にひっかかった芥にまじり、女枕がひとつ、たゆたゆと、川浪にゆれている。

船底型の箱に小枕をくりつけた、その箱がなまめかしい朱漆塗りで、もっとも、よほど時代がかって、まだらに剝《は》げていた。小枕はたっぷりと水を吸い込んだようす。枕紙は、手紙の書き損じでももちいたものか、墨の文字が水ににじむ。

とけた……と、まず読めたが、次の文字が読みとれぬ。

目をこらす。

黒髪……。そう読めた。

髪……。

以前の彼なら、髪の一文字にぞっとしただろうが、もはや、おびえることは何もありはしない。

それでも、〈髪〉へのこだわりが消えたわけではなく、好奇心から手をのばした。水はぬるりと、糊《のり》を溶いたようだ。片手ですくいあげる。藁屑《わらくず》やらなにやら、枕といっしょに手にすがった。足元の板が腐っていた。たよりなく折れ、はずみで前によろけ、それでも枕をはなそうとしなかったから、からだごと落ち込むところを、「危ない」と、うしろから、ささえる手。背後に人が近寄っているのに気がつかなかった。

抱き起こされながら、片手はしっかり枕の木箱をつかんでいた。

「とんだ落とし物をなさったね」

中年の女だ。指は……と言ったあでやかなのとはくらぶべくもない、がさつな声であった。いぼじりに巻いた髷《まげ》に突き刺したのが、珊瑚《さんご》の簪《かんざし》でもあろうことか、ぶっきらぼうな黒いヘアピン。よろけ縞《じま》に黒い繻子《しゅす》の襟が暑苦しい。ちびた下駄をつっかけた素足の指は泥に汚れていた。竹で編んだ手提げ籠《かご》につっこんだ古新聞の包みから、黒いものがのぞいている。みゃうと啼《な》いた。

「気をつけて」と、立ち去ろうとする。

「あ、もし。渡しは、出ますかね」廃船じゃないかと疑わしい、ぼろ舟に目をむけて問うた。

「出るだろうね」と、頼りない。

「舟のことなら、船頭さんにお聞きなね」

「その船頭が、影も形も」

「どうでも、川を渡りたいのかい」

「そういうわけでもないけれど……こっちに知り合いがいて。ゆうべの雨で、足止めされてしまって」

「中洲には、こんなようすのいい書生さんはいやあしないねえ」と、目で彼の肌を舐《な》め、

「敵娼《あいかた》と喧嘩《けんか》でもしたのかい」

「え、なぜ」

「ぐっしょりと。それ、雫《しずく》が垂《た》ってるじゃないか。枕を水にぶん投げは、おだやかじゃない」

「拾ったんですよ。川に落ちていた」

「物好きな」笑ったが、それ以上詮索《せんさく》するふうはなく、「やらずの雨だったね」からかって、去った。籠から黒い猫の頭がのび、みゃう、と小馬鹿にした。路地を曲がり、

女が消えると、ふたたび、死に絶えたように人気《ひとけ》が失《う》せる。

　文字を記した枕紙は濡《ぬ》れそぼち、ふれただけで破れそうだ。

　　とけた黒髪　水面《みなも》を走る

　達者に書き流した草書の文字は、かろうじてそう読めた。

　さらに数行つづいているが、小枕に紐《ひも》で縛られ皺《しわ》になっているため、読みづらい。乾かしてからでなくては、いじることもできない。片手でそっと抱くと、思いのほか持ち重りがする。誰が使ったともわからぬ枕、しかも、川に捨ててあったものだ。渡しは当分出そうもない。石段をのぼり、家並みのなかにたばこ屋の看板を探した。ぬかるみに、ずぶと足がめりこむ。黒い板塀。戸を閉ざした倉庫。何を商うのか、店屋らしいものがあるが、ガラス戸の内にしおたれた、カーテンというのもおこがましい黄ばんだ布幕をひき、休業中か。塀に貼られたチラシは、映画か芝居か。色あせ、縁《へり》が破れ、その下からさらに古いチラシの端がのぞく。赤と青と白。ねじり飴《あめ》のような床屋の円筒は、下から上へ、螺旋《らせん》を描きつつ無限運動をつづけるはずが、これも、動いてはいなかった。

　路地をのぞくと、廂間《ひあわい》に、たばこと塩の看板が、ようやく目についた。どぶ板の腐れ目からあふれた汚水がつくる水たまりをよけながら歩く。

たばこ屋の表のガラス戸は開いていた。ちり紙やら束子《たわし》やら割《わ》り箸《ばし》やら、雑貨を台にならべ、看板どおり、左手のガラスケースに莨の箱が幾つか確かにある。一段高い畳敷きに帳場格子をおき、その陰に座したのは、洗いざらして布目の弱ったのに糊だけは強くきかせた浴衣《ゆかた》一枚、痩身《そうしん》にまとった老人で、彼が足を踏み入れると、襟元に風をおくっていた団扇《うちわ》の手をとめ、眼鏡のへりを少し上げた。五分刈りの白髪、肉の薄いのど首。眼に、老齢ににあわぬ力がある。

「ゴールデンバット、ありますか」

帳場格子からは、ガラスケースに手がとどかない。老人は立ち上がった。長身であった。短い裾《すそ》からのぞく空脛《からすね》は肉がおち、たよりなげだが、存外すたすたとケースの方に行き、バットの紙箱をケースからだし、無言で彼の前においた。

「燐寸《マッチ》も」とたのんで、紙箱の口を破ろうとしたが、片手ではうまくいかない。雫を気にしながら、枕を上《あ》がり框《がまち》においた。

陽が射し込まず薄暗いのに、店のなかは、外より蒸し暑い。

「何匁《もんめ》？」愛想のない声だ。

「え？」

「何匁？」と、同じことを訊《き》く。

塩か砂糖を求めていると勘違いしたのか。耳がいささか遠いとみえる。

「燐寸を」と、声を高めた。

老人の手が、ガラスケースの上の笊《ざる》にのびた。がさと鷲摑《わしづか》みにしたのが、爪楊枝《つまようじ》みたいなのに赤い燐《りん》を塗ったむきだしのマッチ棒で、

「何匁？」と、言葉は変わらない。

ちり紙の束のかげに、台秤《だいばかり》があった。小さい籠がのっている。

籠のなかに、ざらりとマッチ棒を落とす。

「計り売りなのかい。箱入りはないの？」

彼はゴールデンバットの箱のはしを破った。

「ご無心だよ」

燐寸の一本ぐらい、ただでもらってもよかろうと、台秤の上の籠からつまみあげた。しかし、燐寸箱の横腹に塗った発火剤がなくては、火がつかない。

老人は、奥に去った。のぞくと、開け放した襖《ふすま》のむこうは小座敷らしく、その右手がどうやら台所だ。

床の間にかざられたのは、鎧櫃《よろいびつ》のようにみえる。上のほうに朱色がちらりとした。長押《なげし》にかけた槍《やり》の柄の色だ。

老人はすぐにもどってきた。後ろ手に襖をしめたので、奥のようすは視野から消えた。老人は、大きい徳用燐寸の箱を持っていた。台所なんどで使うやつだ。それを彼

のほうに押しやり、帳場格子の陰から莨盆を出し、框において煙管《きせる》の火皿に刻みを詰めた。
話し相手が欲しいのかもしれないと、彼は思った。ここに神輿《みこし》を据えて一服してい
けというふうに、老人が目で上がり框を示したのだ。しかし、哀れみを乞《こ》うようすは
なく、傲然《ごうぜん》とかまえている。古武士の風格がある。
老人の目が、濡れた枕紙の文字に引き寄せられた。
眼鏡をなおし、文字に目を据え、「とけた黒髪……を喰《く》らう」と、つぶやいた。
何を喰らうと言ったのか、聞きそびれた。
「水面を走る」と、彼は訂正しながら、老人が読んだとおり、何か喰らう、と書いて
あるようにも見えた。
とけた黒髪……。ほどけてなびく黒髪を思い描いていたが、もしやして、溶けた黒
髪だろうか。
枕紙の墨の文字が、無数の黒髪に見え、もつれ流れ、紙からあふれでて、彼のほう
にすりよってくる。束の間、そんな錯覚にとらわれた。
「川に落ちていて」と、彼は、言わなくてもよい弁解を口にしていた。なぜ拾ったか
という説明にはなっていない。
まったく、なぜ、こんなものを苦労して拾ってしまったのか。あらためて見れば、

薄汚い代物だ。だれが使ったともしれぬ枕。髪の油と女の体脂が、しみこんでいよう。

――その、〈髪〉の一文字のせいだ。拾う気になったのは……。

朱塗りの蒔絵《まきえ》は、素人の持物とは思えぬ。

中洲《なかす》にも女郎屋はあった。夜毎にかわるあだ枕、色でかためた女は病気持ちだったかもしれない。

――まさか、珠江の使った枕じゃあるまい……。

打ち消しながら、もしかしたら……と、気にかかる。

珠江なんぞという名前は、忘れたつもりだったのに……。

みゃう、と猫の声がした。つづいて、かりかりと爪で掻《か》く音がして、襖がそろりと、一寸ほどあいた。黒い前肢がすきまからのび、つづいて、襖をこじあけて、猫の全身がしぼりだされるように現れた。

さっき、中年の女が抱いていた猫だろうか。あの女は、この家のものだったのだろうか。

細いすきまを、人の影がすいと横切った……ように、思えた。白い浴衣の、若い……。

とまどう彼に、身をすり寄せ、みゃう、と、なれなれしい。はずみに枕を土間に落とした。

拾い上げていると、襖ががたぴし大きく開いて、よろけ縞《じま》の裾からのぞいた素足が敷居をまたいだ。

「おや、書生さん、また会ったね」

「ここのおかみさんでしたか」

さっき、ちらりと横切ったのは、この女じゃあなかった。

指は、と言った声音にふさわしい、楚々《そそ》とした若い……。

中年の女は、老人よりは話し好きとみえ、彼の隣に坐《すわ》り込んで、

「嫁だよ」

老人の息子の女房というわけか。嫁といっても、もう長いことこの家に根をおろしているのだろう。ご亭主は、外で働いているのか。彼の疑問を見抜いたように、

「亭主は、川向こうに女をつくっちまって帰ってこない。爺《じい》様をわたしにおしつけて」言わずもがなの内幕をさらりと口にし、

「渡しは出なかったのかい」

「わからないんですが」

「よほど大事な枕かい。後生大事に」

「そういうわけじゃあないけれど……」

「冷たいのをあげようか。書生さん」

「それは、どうもありがたい。蒸しますね」

奥にひっこんだ女は、冷えた麦茶のコップを三つ、盆にのせて運んできた。

葛桜《くずざくら》……。

つい、思いが言葉になった。

「葛桜がご所望かい」

「いえ、そんな」

あつかましいと誤解されそうで、つけくわえた。

「以前、はじめて、中洲にきたときでした。知人を見舞いに病院に行く途中、にわか雨に降り込められ、見知らぬ家の軒下に雨宿りしました。通り雨だから、じきに止みましょう、家に入ってお待ちなさいと言われ、あつかましくあがりこんだんですが、そこでふるまわれたのが、麦茶と葛桜で。つい、思い出したもので」

「あいにくだったねえ、甘いのは切らしちまって」

「いえいえ」

「そこの罐《かん》に、飴玉《あめだま》があったろうが」老人が口をはさむのを、

「あれは、年寄りの痰《たん》切り飴ですよ。書生さんには、むかないよ」と、さえぎり、

「中洲で病院といったら、あれ一つしかないけれど」

「ええ、その、おっしゃるあれです」

「汚い病院だよ」

「達者なものまで病気になっちまいそうな」

相槌《あいづち》は、地元の人に礼を失していると気づき、うろたえて、

「弓村っていうのが、私が見舞いに行った病人の名前なんですが」と、問わず語りに口にした。

彼の郷里は金沢《かなざわ》だが、東京の大学に合格したので、上京し根津片町《ねづかたまち》に下宿した。両親ともすでに亡いので、学資のでどころがない。昼間は印刷工場で働き、苦学して夜間部にかよっていた。

隣の部屋を借りていたのが、弓村だった。友人のない男だと、すぐにわかった。頭がよく能力があると自負し、他人が馬鹿に見えてしかたがない、というやつだ。狷介《けんかい》傲慢《ごうまん》な態度をとるから、いっそう疎まれる。端然と孤高をたもっていればいいものを、根は淋《さび》しがりで、人にちやほやされたくてたまらないのだ。

話と言えば、すぐに自慢話になる。夜店で安物をさらに値切り倒して買ったことも、交番の巡査と喧嘩《けんか》したことも、なにからなにまで自慢の種になる。さからいもせず聞き流していると、親友あつかいされてしまった。

甘ったれるように、微熱がでるの、頭が重いのと言うようになった。これは聞き流すわけにもいかず、医者にみてもらうようにすすめた。診断は、前に一度罹患《りかん》した肺《はい》

尖炎《せんえん》の再発で、入院の羽目になった。中洲の病院は、医者に紹介された。きみが医者にみせろなんぞと言うから、と、弓村はまるで、彼が病気に仕立てた張本人みたいに恨みがましく言い、身のまわりのものを行李《こうり》に詰め、下宿を出ていった。

見舞いにはくるな、という弓村の言葉を真に受けて、ほうっておいたら、下宿においてきた書物をとどけてくれと、葉書がきた。とどけてくれは口実で、実のところ、きて欲しくてたまらないのに、やせ我慢していたのだ。

生まれてはじめて、中洲を訪れた。もっとも、上京してからというもの、下宿と仕事先と大学を三角に往来するほかは、たまに上野《うえの》をぶらつく程度の彼には、東京市内のどこを訪れようと、生まれてはじめてということになるのだったが。

そんなことを、ぽつりぽつり話すと、

「病人は、もう、よくなったのかい」女は聞いた。

「いいえ」

「三年越し、入院したままかい」

「ええ」

「そりゃあ、いけないねえ。で、また、見舞いにきたのかい」

「ええ、まあ……」

「くるときは、まだ、橋は落ちていなかったのかい」

「昨日、あの土砂降りの前にきましたから」

「それで、降り込められて、今日の朝帰りか。橋は落ちるわ、渡しは出ないわ、難儀だね」

「いえ、べつにかまやしないんですが……」

「若いのに、煮え切らないんだねえ。もうちっと、こう、きびきびと、威勢よく喋《しゃべ》りなね」

「はあ……」と、また、語尾は煮え切らないで、頭に手をやる。

「それがいけない」と、女は容赦ない。「頭をかくのは、品がない。安っぽく見える。せっかく、風《ふう》采のいい書生さんなんだから、鷹揚《おうよう》にかまえておいでな」

「ずっと、こちらにお住まいなんですか」

彼の問いに、老人はうなずいた。

「子供のころは本所《ほんじょ》で育ったんだよね、お舅《と》っつあん」と、年を食った嫁が言う。

「これでも士族なんだよ。このお舅《と》っつあんのお父っつあんというのが、本所割下水《わりげすい》に住んでいた御家人《ごけにん》さね。御一新でおちぶれて、浮かぶ瀬もなくて、中洲の雑貨屋。わたしが嫁にきたときは、もう、戒名になっていたけれどね」

「おかみさんは、中洲のお生まれですか」

「こんなみみっちい浮草みたようなところで生まれるものか。深川《ふかがわ》っ子さ。親ァぼてふりの魚屋だったから、士族様とはお家柄がちがうのさ。ずいぶん、姑《しゅうとめ》さまには、いびられたものだった。墓石の下だよ、おっ姑《か》さんも」

「お子は？」興味はないが、話の接ぎ穂に聞いた。

「これだけさ」と、猫の頭を撫《な》でる。

「中洲《なかす》のことは、よくご存じですか」

「そりゃあ、こんな狭いところだもの。どこの女房がだれと間男したか、女郎のだれそれのいろはどんなやつか、どこの野良猫が何匹仔《こ》を産んだかまで、耳にも入る。目にもつかあな」

「この枕の主はわかりませんか」

「いくらわたしが地獄耳でも」と、女は苦笑した。「古枕の持主までは」

「それじゃあ、もとは月琴《げっきん》を弾いて門付《かどづ》けをしていたという、散切《ざんぎ》り頭の女は、ご存じないでしょうか。その家には、たいそうきれいな……女」と言いかけて、あれは、男だった、と、言葉に迷った。「女姿で色を売る、この大正のご時世に、江戸の色子まがいの……そりゃあきれいな……」

はて、というふうに、老人とその嫁なる女は顔を見合わせる。たがいの表情をさぐりあうようにも、彼には感じられた。

「三年前、ぼくが雨宿りをした家の女主人です、散切りは」

2

「しもたやの軒下で、はげしい通り雨を避けていると、櫺子《れんじ》のあいだから、『家にあがって、雨宿りしておいきなさい』と、誘われました。あまりにあつかましいと、ためらったけれど、強いての誘いに、言葉に甘えたんです」

「散切り頭がいたのかい」

「法界坊みたいな。それと、若い娘……。いえ、ほんとに、最初は娘だと思ったんです。ちょっと蓮《はす》っ葉《ぱ》な。名前を珠江《たまえ》といいました。女としか思えないじゃありませんか」

『ゆっくりしておいでなさいよ』そう言って、珠江と彼をおいて、女は外出した。

「まるで、うまくおやり、というふうでした」

若い女とふたりきりになり、息苦しくて、まだ女のからだを知らなかった彼が、身の置き場に困っていると、

「珠江がふっと笑って、『わたしは、男さ』と、言い捨てたんです。『こんななりで、稼いでいるよ』そう、言いました。『でも、おまえをとって食おうとは思わないから、安心おしな。書生さん』」

部屋の隅に、月琴があった。叔母《おば》さんは、門付けをしていたことがあると、珠江は教えた。

「『あの叔母さんは、男にこころが動くと、髪がすらすらとのびて、相手の首に巻きつく癖があるの。それで、髪を切ったのだよ』そう、珠江は言ったんです。そうして、『叔母さんは病院の賄い婦をしているよ』って……」

「お友達が入院しているという、その病院だね」

「ええ」

珠江の髪は黒々と長かった。雨もあがったので、彼は辞したのだが、その背後で、ざくりと刃物で髪を断ち切る音を聞いた。

「六人の大部屋を弓村がひとりじめしました。患者が少なくて」

頼まれた本をわたした。

「そのとき、弓村が嫌な顔をして、『また、聞こえる』と言いました。『窓の下を、舟が通る。あの、ぎい、ぎいという櫓《ろ》の音が、耳ざわりでならないんだ』でも、ぼくには、何も聞こえなかったので、そう言うと、『だから、嫌なんだ』弓村は言いました」

窓の下は、細い路地で、川などありはしない。

「『櫓の音が聞こえなくなるまで、ぼくは退院できないんだって』弓村は、肺尖炎で入院したのだけれど、神経もすこしおかしくなっていたんですね」

「気の毒にね」と、女は相槌をうった。

「そのとき、ぼくは、肩から胸に、長い髪がまつわりついているのに気がつきました」

髪は長くて、引けば引くほどいくらでものびた。

『なにをしているんだい』

『髪の毛が……』

『そんなもの』

「ないよ、と、弓村は言ったんです。そうして、嬉《うれ》しそうに笑いました。でも、ぼくには、わかっていた。珠江の髪が追ってきたんだ。珠江が叔母さんと呼ぶ女にたしかめれば、どっちがまちがっているか、わかる。散切り頭の賄い婦が、この病院にはいるだろう、と弓村に言うと、『そんなのは、いやしない』という答なんです。そのとき、ぎい、と軋《きし》む音を、ぼくは、はっきり聴きました。鳥肌がたちました。だって、窓の下に川なんぞないことは、この目で見たばっかりなんですから。ぼくがぞくっとしたのを見て、弓村は、また大笑いしました。『あれは、廊下を、賄いさんが、夕飯の膳《ぜん》をのせた台車を押してくる音だよ』」

「で、賄い婦の散切り女に会ったのかい」

話をうながすのは女のほうで、老人は無言。時折、煙管《きせる》を灰吹にたたきつける音がするばかりだ。

「ええ。弓村の膳をとりに廊下に出たら、台車を押していたのが、散切りの叔母さんでした。もっとも、頭には手拭《てぬぐ》いを、姉さん被《かぶ》りにしていたけれど」

「それで？」と、女がまた先をうながす。

「それっきり、ぼくも入院の羽目になって……」

「いけないねえ」と眉《まゆ》をひそめ、「どこが悪かったの」

「散切りの賄い婦なんて、病院にいないそうで」

「いない？」

「弓村が、櫓の音が聞こえなくなるまで退院できないのといっしょで、ぼくも、散切りの賄い婦が見えなくなるまで、入院」

「そりゃ、難儀だったねえ」

「退屈で困りました。ふたりでベッドをならべて、討ち死にです。雨漏りや黴《かび》、しみが、壁につくる模様を、弓村は指でなぞって」

女に囲まれているから、いいだろうと、弓村は言ったのだった。

これは、お京の顔、これは、春べえ。そっちはお民、と、女の名をあげ、無為の時をつぶした。

『みんな、女郎屋の馴染《なじ》みだ。もちろん、冗談だぜ。まさか、壁に女の顔が浮かぶなんてばかなことを、本気で思っているわけじゃない』と弓村は野暮な念を押した。『先生に言っちゃだめだぜ。妄想がなんとか、って、退院がのびる。医者にはこっちの冗談が通じないんだから』

弓村が名をあげる女はおびただしかったが、ひとりとして、中洲に見舞いにくるものはおらず、絵葉書一枚、こなかった。

『人に会うのは、おっくうでならないんだ』そう、弓村は言った。『だれにも、見舞いにはくるな、便りもよこすなと、入院する前に言ったんだ』

「見栄っ張りの強がりだね」

と、女が合いの手を入れる。

「そうなんですよ」

壁のしみの一つが、珠江の顔に、彼には見えた。

「もちろん、そんな気がしたというだけです」

ゆきずりの相手だった。手もふれず、くちびるをあわせたわけでもない。好きな男ができると、髪がのびてからみつくから散切りにしたという叔母さんの話にしたところで、からかわれただけのことだと思う分別もあった。

長い髪の毛が、捨てても捨てても肩にからみついてとれないのは事実だし、散切り頭を姉さん被りの手拭いでかくした賄い婦が、三度三度の食事を台車で運んでくるのも、明らかなのに、弓村は、髪の毛なんざ、ない、ない、賄い婦は散切りじゃない、と言い張り、病院の医者も、弓村の言うとおりだ、ありもしないものが見えるあいだは、退院させられないと言うのだった。

「見えていても、見えなくなりましたと言えば、すぐに病院を出られたんだろうに」

「でも見えたんですから」

「真っ正直なんだねえ」

女はおとがいをちょっと襟に埋め、

「医者が嘘をついたんじゃないのかい。いつまでも入院させておくために」

「ぼくも、そう疑いました」

「病院の払いだって、たいていじゃあないだろうに」

「なにしろ、苦学生ですから、自前では医者の払いどころではないんですが、神経の病気だと、治療代が払えない患者には、政府だか国だか知らないけれど、御上から病院のほうに、ひとりにつき幾らだか、くれるんですって。患者の数があまり少ないと、病院を閉めなくちゃならないから、病院も、歓迎するんですよ。だから、ひょっとして……って、疑いもしたんですが、ほんとに病気だったのかもしれないし……。ほかの病気だったら、下宿で寝ているほかはないんですけど、ただで療養できたんだから、まあ、不幸中の幸いってやつかな」

「また、煮え切らない。自分が病気かどうかぐらい、自分でわかっていただろうに」

「まあ、どっちでもよくなっちまって。それが、病気なのかなあ」

『叔母さん』と、彼は、台車を運んできた賄い婦に声をかけてもみたのだった。姉さん被りの女は、くちびるのはしをにっとあげて笑った。

『珠江さんの髪が、まつわりついて困っているんですよ』

『わたしと血のつながった甥《おい》だもの。惚《ほ》れた相手には、髪がさわぐのだよ。珠江にもわたしにも、どうしようもないやね』

姉さん被りで散切り頭をかくした叔母さんは、そうささやいた。

『わたしのように髪を切ればいいのだけれど、若いからねえ、坊主になれは、かわいそうだよ』

『逢《あ》いにもこないで』

『逢いたいかい』

彼は、答に詰まった。珠江が逢いにきても、弓村も医者も、見えないと言ったらどうしよう。退院できない要素が、また増えるばかりだ。

『惚れてはいないんだろう』

『珠江さんにですか。別に……』

「おまえさん、そう答えたのかい。別に、って」

中年の女は、膝《ひざ》にのった猫ののどをかるく撫《な》でながら、咎《とが》めるような声音だ。

「ええ。きれいだなとは思ったものの、格別、惚れちゃあ」

「酷《むご》いことを、平気で言ったものだねえ」

「酷いですか？」

彼はきょとんとして問い返す。

「化け物に惚れ返さなくても、酷いことはあるまい」

老人が、口をはさんだ。

「化け物……ですか？」

ああ、と、老人の返事はそっけない。

「やっぱり、そうですか。あのふたり、化け物か」

「中洲《なかす》には、いろんなのが住みついているから」と、女が、「住人のことなら隅々まで承知のわたしだって、化け物の消息までは、手がとどかないやね」

「実は、ぼくも、そうじゃないかと思ったんだ。そうしたら、なんだか、情けなくって……」

「なにも、萎《しお》れることァないだろうに」

「惚れられるなら、生身《なまみ》の女がいい」

「生身の男と女は、なまぐさくっていけないよ」

そう言いながら、女は、流し目をくれた。視線の先は、彼ではなく、老人にむかっている。

端然と背筋をのばした老人の表情は動かないが、彼は、少しこっけいな気がして、笑いをこらえた。

「まずは、めでたい」

「退院できたのだから」と、老人はさりげなく話題をそらせた。

猫が、彼に眸《め》をむけた。黒く大きい瞳孔《どうこう》を、金色の虹彩《こうさい》が細くふちどっていた。

「いつ、退院しなさったね」

「かれこれ、一年も前になりますか……」

「もう、髪の毛も、散切りの叔母《おば》さんとやらも、見えることはない？」

「ええ……」

彼の視野に、枕紙の文字が、流れだす。

とけた黒髪……

3

昨日の夕方……。

『またくるよ』と、病室を出ようとしたとき、眩《まばゆ》い光が走り、ぐゎらぐゎらッと続いたのだった。『行くのかい』弓村の指が彼の手にからまった。『出られやしないぜ。ひどい降りだ』

『ぼくは、平気だけれど』

『ああ、そうだろうよ』

ベッドに横になったまま、弓村は彼の手をもてあそび、『濡《ぬ》れたって、どうってこたあないよな、きみは』

彼がうなずくと、

『さみしいな』弓村は言った。『そっちだってさ、さみしいだろう』

『慣れた』

『いいなあ。慣れるものなのかい。ぼくも、慣れるだろうか』

『なれたら、慣れる』

駄洒落《だじゃれ》を言ったつもりではなかったが、弓村は大仰に吹き出し、『なりたかあ、ないが』と言った声音に、淋《さび》しさと恐れがにじんだ。

『ならなくたって、すむさ』彼はなぐさめた。『だれでもがなる、ってものじゃあないらしいんだ』

そうして、『あいかわらず、ひどい部屋だな』と、話をそらせたのだった。

『女の数がふえた』と、弓村は壁のしみをなぞった。

彼は、弓村のベッドのはしに腰をおろした。

『いっそ、きみが羨《うらや》ましいくらいなもんだぜ』弓村は言った。『どうやったら、できるんだろう』

『むずかしいことはないよ』

『でも、きみのおかげで、あれ以来、たいそう、うるさくなった。紐《ひも》みたいなものは、いっさい、使わせてくれないんだ。便所だって、戸をとっぱらっちまった。やりようがないや』

『やるつもりなら、寝巻を裂いたって、紐の代わりになるよ』

『そう、あっさり言わないでくれ。やはり、勇気がいるんだ』

『勇気なんて、そんなたいそうなものはいらないさ。なにもかも、めんどくさくなったから、やっただけのことで』

『それで、いま、どうだい。楽な気分か』

『あまり、変わらないなあ。あいかわらず、なにもかも、めんどくさくて、だけど、これ以上変われないから、前より悪いかな』

『生きてるときより、悪いのか。それじゃ、わざわざ死ぬこともないな』

『生きているときは、嫌になったら死ねるけれど、死んでしまったら、いくら嫌でも、また死ぬってわけにはいかないしね』

病室の電燈《でんとう》は、八時になると消される。

『雨、止んだね』

『でも、いてくれるだろう。せめて、朝まで』

『ああ、いいよ。どうせ、暇なんだ』

『珠江とかいうのに、追い詰められた、ってことか』

『なにが』

『きみが、首をくった理由』

『そうでもない』

『うっとうしかっただろう』

『まあ、少しは』

『とうとう、女を知らないままだったな、きみは。それが、ちっと、気の毒ではある』

『知らないほうが、楽なんじゃないかな。みれんていうやつがない』

『でもさ』と、弓村はこだわったのだった。

「そうかい。女のからだも知らないで、おまえ、首をくったのかい」猫ののどをくすぐりながら、女は言った。「それは、ちっと気が早かったね。遊んでいたら、気が変わったかも」

「弓村は、女遊びはしたけれど、気鬱《きうつ》の病気になったんですから、どっちにしたって、同じようなものです」

「でも、あちらさんは、首をくりはしない。ちがうじゃないか」

女の強い声音におされて、「でも……」と、たじろぐ。

「味を知ってごらんなね。死ぬんじゃなかったと、悔やむから」

「もう、いまさら、遅いです。知らなくてもいいです」

「遠慮するんじゃないよ。帯をお解きよ。なんだねえ、死人のくせに、生意気に、一人前に博多《はかた》なんかしめて。学費も払えなくって、苦学していたっていうんだろ。それが、死んだら、薩摩《さつま》上布に博多帯。きざだよ。お舅《と》っつあん、いいだろ、女の味を教えてやっても」

「みだりがわしい」老人は一喝したが、女はいっこう気にとめない。

「あの、死人ですから。ぼくは」彼はあとじさる。

「こっちがいいって言ってるんだから」

女の手が彼の帯の結び目にかかる。

「真っ昼間から……」

「死人に、夜も昼もあるものか」

「でも、そちらには、あるでしょ」

「かまやしないよ。お舅っつあんも、真っ昼間だってその気になればおかまいなしなんだから。ねえ、お舅っつあん」

老人は苦い顔で煙管《きせる》に刻みをつめる。

「そういう意気地なしだから、化け物につけこまれたりしたんだよ」

「聞き捨てならないねえ」

と、奥の襖《ふすま》が開いて、若い女がすらりと立った。惜しい。黒髪が散切りだ。

「珠江……」彼は、つぶやく。三年ぶりだ。

「さっきからおとなしく聞いていりゃあ、ふた言目には、お化けお化けと言いやがって。化け物のどこが悪いよ」

「おまえが、珠江というお化けか」と、年増《としま》の嫁が、「いけずうずうしい。中洲《なかす》にのさばり、ことわりもなく、ひとの家にあがりこんで。いつ入り込んだ」

「中洲は、てめえらの住処《すみか》とかぎったものじゃあねえや。こっちのほうが、昔っから住んでらあ」珠江が言い返す。「この若いのは、わたしが初手《しょて》から目をつけた相手。こう、おめえは、この人の名も知るめえが。時男さんというのだよ」彼に頰をすりよせ「待っていたよ、時さん。髪のたよりをいくらおくっても、おまえはわからないのだもの。じれったいったら、なかったよ。あげくの果てに、冥土《めいど》だもの。いくらわたしの髪だって、冥府《めいふ》の底へはとどきやしない」

「お化けと死人は相性が悪いか」猫を抱いて、女があざ笑った。

珠江は枕を手に取り、台の小抽斗《ひきだし》を開けた。

中から、黒い水があふれた。

「髪が騒いでならないから、断ち切って枕の抽斗におさめたよ。その上、わたしの小指まであげたというのに、時さん、おまえの薄情なことといったら」

溶けた髪のなかに、ひっそりと白い指が一本。

「化け物の心中だてか。指を切っても血もでめえに」

「そういうてめえは、どうなのさ。ためしてやろうか」

懐から、簪《かんざし》をだした。脚の先が鋭い。

「おやめ、珠江」

「死人は口をださないでおくれ」

「情人《いろ》に、ひどい口をきくんだね。時さんに相手にされないのも、むりはない」

「たった今、わたしに教えられて知った名を、なれなれしく呼ぶんじゃないよ。あつかましい。時さん、帯を解く気があるなら、わたしが相手をしようから、こっちへおいでな」

「てめえ、男の相手をするには、よけいなものが、腿《もも》のあいだにあるじゃあないか」

「床あしらいなら、てめえのような大年増のすべたより、よっぽどましだってさ。よう、時さん」

彼にしなだれながら、片手は、にぎった簪の脚を女に向けている。

「ちきしょう」と、女は、襖を蹴飛《けと》ばさんばかりに奥に行き、もどったときは、片手に出刃包丁だ。

「やめてください、おかみさん」

彼はおろおろする。

「こっちの惚《ほ》れたは三年越し。てめえが時さんを知ったのは、たった今じゃあねえか」

「三年ふられつづけた化け物が、しゃしゃりでることァねえやな。すっこみな」

「時さん、おまえ、わたしの髪や叔母《おば》さんが見えるのは病気のせいだと思って、目をそむけていたのだろう。心底きらいなわけじゃあないだろう。もう、おまえも、人じゃあなくなったのだから、強情をはらなくたっていいじゃないか」

「てめえ、消えやがれ」女がかざす出刃包丁を、珠江はかるくよけた。

「消えるときは、幽霊の時さんといっしょさ。てめえは、この世から離れられめえ。ざまみやがれ」

「そんなら、わたしも幽霊になってやる」と、出刃を自分ののどにかざした。そのとたん、老人が、すばやい身のこなしで、女の手から刃物をもぎとり、次いで、珠江の手の簪も、奪い取った。

「甚助じい、嫉《や》くんじゃないよ」女がわめく。

「ばかもの」

「こっちの意地ってものもあろうじゃないか。お舅っつあん。化け物に中洲の客を荒らされて、だまってひっこむのかい」

「あの、ぼくは、客なんてたいそうなものじゃないです。たかが、幽霊ですから」と、彼はおずおず。

「いかん。そう己を卑下《ひげ》してはいかん」老人はたしなめた。

「若いの、おまえさんは、どっちに惚れているのだ」

「べつに、どちらも……」

「惚れてはいないか」

よし、とうなずき、老人は座敷につかつかと入り、床の間の鎧櫃《よろいびつ》の蓋《ふた》を開け、なかの鎧をとりだした。櫃のかたわらに据え、手をのばして長押《なげし》の槍《やり》をとり、鞘《さや》をはらった。柄の朱塗りが、一瞬あざやかに薄闇を裂いた。

時男も珠江も女も、老人に目をそそぎ、動くのを忘れた。

もどってくるなり、老人は槍の穂先を珠江に向け、「行け」と座敷のほうへ追いやる。

「ざまあねえや」と嬉《うれ》しがるひねた嫁に、

「おまえもだ」気迫のこもった槍が迫る。

穂先に狙われ後じさりするふたりに、

「入れ」と、櫃を指した。

いやと言えば串刺《くしざ》しのかまえだ。しかたなく、櫃の縁をまたぎ越え、ふたりながら、中にうずくまる。

老人は蓋をとざし、その上にどっかと腰をすえ、「せいせいしたの」と、彼に、かすかな笑いを見せた。

「女どもは、かしましい」

「ひとりは、女じゃないんですが」

「似たようなものだ」

「いつまで、閉じ込めておくんですか」

「中洲は、ほどなく、埋め立てられるという」

「そんな噂はききました」

「こちらも、老い先みじかい。残りのときぐらいは静かにすごしたい。台所に酒がある。ご雑作《ぞうさ》だが、茶碗《ちゃわん》といっしょにもってきてくれまいか」武士の裔《すえ》だけあって、言葉づかいは礼にかなっている。

一升瓶と茶碗を二つ、運んでくると、

「ほう、飲むか」

「お相伴します」

みゃう、と猫がすりよる。

「まだ、うるさいのが残っていた」老人は苦笑した。

「埋め立ての時まで、飲みつづけるとするか」

「あの、ぼくは一度もどらなくては」

「冥土へか。あんな陰気なところに、帰りいそぐこともあるまいに」

「役目がありまして。中洲には、また、近々、弓村を迎えにきます」

「そういう役をつとめているのか」

「ええ、だれでもなれるってわけではないんですけれど、ぼくは、たまたま。あなたが旅立たれるときも、お迎えにきます」

「よろしく、頼む。まずは、一献《いっこん》」

「お酌は、こちらから」

一升瓶をかたむけ、老人の手にした茶碗に酒をそそぎ、

「いくらか、退屈しのぎになりました」

櫃のなかは静かだ。珠江と女、ふられたもの同士、気があったのかもしれない。

「退屈したら、いつでも、きなさい。この蓋をあければ、乱痴気騒ぎが、またはじまる」

そうですね、と彼は微笑した。騒いで静まって、また騒いで静まって、同じことの繰り返しだ。時はよどんで、何も変わりはしない。

影つづれ

1

狂《たぶ》れた、と思う。

行けど行けど、果てしない野である。

秋草が道をはばみ、いや、道などはじめからありはしない、尾花をかきわけ踏み出せば、一足だけの空間は生じるものの、歩んだうしろはたちまち、茫漠《ぼうばく》と芒《すすき》の原。

まばゆく、火の粉の朱じゃあない、穂の銀砂子どっとなびいて降りかかり、全身月光にうちのめされ、おもわずよろめく足を草にかくされた石塊《いしくれ》がすくう。

やがて、硫黄《いおう》のにおいが鼻をつき、視野をしめるのは、岩石ばかりとなった。

赤褐色、茶褐色、鉄錆《さび》色の岩を、乗り越え踏み越え、歩く。

――散り舞う桜をば、夢見草とも呼びます。ご存じないか。春に狂った魂が、秋の宿に夢を見せます。おまえさまの仮寝の枕は、夢見草の花びらをつめたものであったから、狂れるのも不思議はございますまい。

芒の葉ずれのような声が、岩の割れ目から噴き出す霧に綯《な》いまざる。

——衣くだされ。布くだされ。

2

ころもくだされ、ぬのくだされ。

めざめたとき、その言葉が意識に残っていた。

つぶやいてみる。

——衣くだされ。布くだされ。

言葉とともに、においも、夢からただよい残った。

行灯《あんどん》ではございません、ランプがありますと、宿の女中は自慢げに言ったっけが、その天井から吊《つ》り下がったランプをつけるには、蒲団《ふとん》から起き上がらねばならず、おっくうだ。

月明りの夜空の方が座敷よりは明るいのだろう、雨戸の破れ目が、ほのかに見分けられる。

硫黄のにおいも、そこから洩《も》れ入ってくるのだ。

なまじ、わずかな明るみがあるために、部屋の闇の中にさらに濃い闇の塊がある按《あん》配《ばい》。あれは床の間の置物。これは屏風《びょうぶ》。昼に目にしたものをよみがえらせば、察しがつくものの、少しずつふくれあがり伸びあがるとも思える。目の迷いだ。

春に散り舞う桜をば、夢見草とも呼びます。ご存じないか。

ご存じないか。そう、おれに言ったのは、だれだ。

おれは知らなかった。

春に狂った魂が、秋の宿に夢を見せます。

なにが、夢見草の枕なものか。籾殻《もみがら》をつめた坊主枕。

代々の泊まり客の、しみこんだ髪の汚れや脂が、枕紙からじわりとにじんで、首筋に冷たい。

寝巻代わりの宿の浴衣《ゆかた》は、糊《のり》がききすぎ奴凧《やっこだこ》みたいにこわばって——こんな衣ならくれてもやろう、片肌ぬいだ。襟首がひりひりする。

もう一度、秋の荒れ野で狂おうか、と目をつぶったが、頭蓋《ずがい》の下のひとところがしんと冴《さ》えて眠りに入れない。

ふと、思う。似たような夢を、いつだったか、見たことはなかったか。

衣ください。布ください。

現《うつつ》の耳にきこえた。

彼は起き上がり、雨戸を開けた。雨戸のむこうに夢のつづきがあるような錯覚を、錯覚と知りつつ確かめたくなったのだ。縁のすりへった板戸は、きしんだ音をたてた。

月光に濡《ぬ》れた大小の岩の群は、夢で見たさまそのままに、ぱくりと割れた断面が黄色の華にまみれ、欠け落ちた小さい破片の一つ一つが針の先端のようで、そのとき、
衣くだされ。布くだされ。

声が、内耳にひびいた。

床の間と反対側の壁の一間幅《いっけん》が、黒漆の枠に赤樫《あかがし》の一枚板をはめこんだ引き違いの板戸で、声はそのむこうから……。

いや、空耳だ。

現に聞こえたのは、

「ちっと、ごめんなさいまし」

はばかるように、

「お声をかけてもようござんしょうか」

柱も鴨居《かもい》もすべて黒漆塗りで、昔は本陣ででもあったのかと思う重々しさだ。

開けはなした窓から斜めに差し入る月光は畳の上に流れをつくり、板戸に這《は》い上がり、柾目《まさめ》をえぐる。

板戸のむこうは、押入のはずだ。女中がそこから蒲団をだしてのべたと思う。宿の者がいらぬ気をきかせ、押入に、商売女をひそませておいたか。まさか。板戸の隣も、

客を泊める座敷なのか。

蒲団は廊下から運び入れたのだったか。記憶をたどりかえすと、あやふやになった。

「夜分、ぶしつけではございますけれど、お目覚めのようなので」

「は、そりゃあ、かまいませんが」

どぎまぎした。片肌ぬいだ浴衣の肩をいれ丹前《たんぜん》をひっかけ、寝乱れた蒲団をいそいで丸めて、

「取り散らしていますが」

「いえ、板戸越しでけっこうなんでございます。殿方のお寝間をのぞくような不埒《ふらち》はいたしません。あの、ふと目が覚めましたら、寝そびれて、そして、あの、なんだか、怖いんでございます」

「お化けの気配でも」

わざと冗談めかした。

なにか出ても、さこそとうなずける古家である。

3

そもそも、ここに泊まるつもりではなかった。東京を発《た》つ前に、知人から、目的の

場所への道を教えられていた。知人が書いてくれた地図をたよりに、停車場から歩きだしたが、どこで道を踏みまちがえたか、いつまでもたどりつかない、と気がついたときは、人家がとだえていたのだ。

日が落ちかかるというのに、懐中電燈《でんとう》の持ちあわせなど、もちろん、なく、硫黄のにおいばかり強くなり、そのとき目についた、浅茅《あさじ》ヶ原《はら》の一つ家を思い浮かべはしたが、『御旅宿』の看板がどれほど頼もしかったことか。

土間から一段高い板敷に囲炉裏《いろり》がきられ、草鞋《わらじ》掛けの客でも迎えたほうが似つかわしい風情だった。吊りランプの灯が、ほやの影を床に落として、帳場は薄暗くって陰気だけれど、安宿が気楽だ。嚢中《のうちゅう》は豊かではない。いかつい顔の番頭は愛想よく迎え入れてくれ、女中に案内されて梯子《はしご》段《だん》を上ったのだった。

「いいえ、そんなんじゃあござんせんけれど……」

「お一人旅ですか」

「はい。女だてらに」

女の一人旅は、めったにあることではない。巡礼か。芸人か。

声音は、荒い風雨にさらされて嗄《しわが》れたというふうだ。

「心細いことでしょうね」

「ひとりでいるのは馴《な》れてはおりますが、ときたま、ふっと、何というわけもないのに、不安になります。胸がしめつけられるようで、横になることができません」

「それは、神経の弱りではないでしょうか」

そう口にしたとき、彼は、母を思い出していた。

身の内に棲《す》みついた得体の知れぬ不安という化生《けしょう》を、母は飼い慣らすことができず、そいつに肉を食い破られ、死んだのだと、彼は思う。死に顔は安らかだった。死んではじめて得た平穏か。

神経の弱りと診断した医師は、温泉にでも逗留《とうりゅう》してゆっくり骨休めをするのがよいでしょうと、気楽にすすめたのだが、そんな贅沢《ぜいたく》は、母にはゆるされなかった。貧しくはなかった。遊山保養《ゆさんほよう》などとんでもないと、漢学者を祖とする家の、きびしい家風であったのだ。

高位の官員である父と、彼をふくめた三人の息子の奥をあずかり、使用人を束ねねばならず、いわれのない不安にとらわれるのを、不徳のように恥じ入っていた。

彼はそのころ幼くて、母の不安をなだめるすべを知らなかった。

「そちらさまも、おひとり?」

一人旅同士、夜をなぐさめあおうと、さそっているのか、一夜の宿賃を、色でかせいで旅をつづけているのだろうか。

彼の疑いを見抜いたように、軽く笑い、

「ずいぶん、蓮葉《はすは》なとお思いでしょうねえ」

その声が、水をくぐったように淋《さび》しくて、だまされまい、と、鎧《よろ》う。

色売りたければ、夜が怖いのなんのと、よけいなせりふはいらぬ。枕かかえて入ってくればよい、と思いながら、うろたえて蒲団を丸めた己を、自嘲《じちょう》する。なんと初《うぶ》な、と女に憫笑《びんしょう》されそうだ。初だからこそ、幼くみられまいと肩肘《かたひじ》はる。いや、床をのべたままでは、あさましかろう。

「夜が怖いのなら、どうぞ、板戸をお開けなさい」

「お声をきくだけでよろしいんでございます。お隣に殿方がおいでなさると思えば心強うございます」

間仕切り越しに話をかわして夜明けをむかえるのでは、俗に言えば、おあずけくったようなものではないか。

むこうから誘いをかけてきたのだ、こちらがもう一押しするのを待っているのではないかと思いもするが、育ちがおとなしすぎた。

声をかけられるまで、隣室に人の気配をおぼえなかった。もっとも、紙の襖《ふすま》と異なり、樫《かし》の板戸だ。衣《きぬ》ずれの音はもとより、夕餉《ゆうげ》の物音も聞こえなくとも不思議はないか。

相手の請《こ》いに、律儀に困惑する。

「話といって……」

「お身の上、なんどとうかがっては、ご迷惑でござんしょうね」

「いえ、べつに」

「嘘っぱちでよござんすよ。どうせ、わたしにはわかりゃあしないんですもの」

とっさにでまかせの身の上話をひねりだすのは、彼の手にあまった。

「東京のお生まれ?」

「はあ」

「嫌だ、これじゃあ、戸籍調べだわねえ」

彼が年弱《としよわ》と声から察したか、口調がくずれた。

野暮で融通がきかないと笑われているようで、耳が熱くなる。

「学生さんかしら」

「いえ……」

「いいとこの、坊っちゃま」

「いえ……」

「お目にかからなくとも、ご様子でわかりますよ。苦労なしのお育ちだわね」

そう言い切られると、反撥《はんぱつ》したくもなる。

「こんな安宿は、ご身分にふさわしくないような」

「道をまちがえてしまいました」

ああ、と納得した声。

ご身分といわれて、華族どころか士族でもないのにと面映《おもは》ゆく、

「絵描きです」とつけくわえたが、まだ名もない。声が低くなった。

相手は耳ざとく、

「画家でおいでなさる。ご立派だわねえ。あの、帝展とか」

「そんなごたいそうなのじゃありません。かけだしです」

父も兄たちも絵描きにという彼の希望にたいそうな不機嫌であった。勘当するなどと、脅されもした。

祖母が生きてあったなら、とりなしてくれただろうが、あいにく、とうに他界していた。

ふたりの兄が学士様で、将来の出世も確実なところから、末子の彼ひとりの気ままを、父も黙認することにしたのだろう。

母が死んだのは、彼が数えで六つのときだった。彼の記憶にあるかぎりでは、母が生きていたときも、幼い彼に添い寝して寝かしつけてくれたのは祖母であった。

母方の祖母で、娘の嫁ぎ先に引き取られ、同じ敷地の中の、母屋から少し離れて建てられた小さい一棟をあてがわれ、ひっそり住んでいた。

玄関の取付が二畳、六畳の座敷と台所。台所のわきに三畳の小部屋があって、ここに、身の回りの世話をする女中をひとりおいていた。

おたよというその娘は、幼い彼の目には、いっぱしの大人とみえたのだが、後になって思い返せば、そのころ、十三か四ぐらいであったはずだ。

髪をひっつめに結って、色が浅黒く、濃い眉《まゆ》の根がけわしくせまって、二重瞼《ふたえまぶた》の目尻《じり》が少しさがりぎみで、泣き黒子《ぼくろ》が黒くもりあがっていた。そのせいか、笑っていても哀しい表情にみえた。

「玉藻前《たまものまえ》をお描きになるんですか?」

「玉藻?」

「はい、あのそれ、金毛九尾」

「ああ、『三国妖婦伝《さんごくようふでん》』……」

それが、女の口からでたことに、彼はちょっと驚いた。

幼いころ、祖母が繰り返し、読んでくれた草双紙だ。

ほかにも、祖母の手持ちの本はいくつかあって、添い寝しながら読んで寝かせつけてくれたけれど、玉藻前は、彼が一番好きな物語で、毎夜、毎夜、祖母にせがんで読んでもらったのだった。

4

……年古《としふ》りて、全身金色と化し、面《おもて》は白く、九つの尾あり、邪悪妖気《ようき》の生ずるところゆえ、世の人を殺しつくし、魔界となさんと……

読み聞かせてくれた祖母の声を、久々に思い出した。

この妖狐《ようこ》、まず、唐土《もろこし》にあらわれ、美女と化して殷《いん》の紂王《ちゅうおう》に近づき、妲己《だっき》と名乗って、王をたぶらかし、国をかたむけた。

いさめる皇后を、妲己にそそのかされた王は、高楼の上から投げ落とした。皇后は脳裂けて、崩じた。

さらに、妲己のすすめで、王は民よりしぼりあげた国費で、壮麗な園をつくり、池に酒をたたえ、周囲の林に肉をかけ、宴を楽しんだ。

銅の柱を灼熱《しゃくねつ》し、脂膏《あぶら》をぬり、罪人をこの柱に抱きつかせれば、皮肉ただれ、骨だけて灰となる。

また、深さ五丈の穴を掘り、蛇百足《むかで》蜂のたぐいを蓄え、女をとらえて投げ入れる。悶《もだ》えるさまを見下ろす妲己の微笑みが、春雨にぬれる桃の花さながら麗《うるわ》しく愛らしいと、王は、以後、残虐な殺戮《さつりく》にはげんだ。

孕《はら》み女の腹を割き、胎児の男女の別をたしかめ、人肉を醬《ひしお》につけて喰《く》らい、妲己はますます美しさをました。

民の怨嗟《えんさ》が国にみちる。このとき、周《しゅう》の武王《ぶおう》が、殷に攻め入った。

武王に助力を請われた太公望《たいこうぼう》が、破邪の鏡で妲己を照らすと、傾国《けいこく》の美姫は、妖狐の正体をあらわした。

太公望は宝剣をもって妖狐を討ち、寸断し、甕《かめ》におさめ、荒野の土中に埋め、塚を築き、碑をたてた。

骸《むくろ》は土の下となっても、魂魄《こんぱく》、世にとどまって、妖狐は天竺《てんじく》に飛び、美女となって摩掲陀《まかだ》国の斑足《はんそく》王にとりいり、華陽《かよう》夫人と称した。

ここでまた、千人の王の首をとって全土を奪取なさいませなどとそそのかし、擾乱《じょうらん》をひきおこし、天竺一円を魔界となさんとしたが、忠臣耆婆《ぎば》によって、正体をあばかれ、天空高く飛翔《ひしょう》して消えた。

さて、周は、武王よりかぞえて十一代後の宣王《せんおう》の世。

先帝の厲王《れいおう》の残した妾妃《しょうひ》のひとり盧氏《ろし》という女が、十九年のあいだ懐妊したままで、このたびようやく女児を出産した。

怪しいことだと、宣王は、盧氏を糾明した。

盧氏がうやうやしく事情を申し述べた。

十九年前、盧氏がまだ七歳の幼女のおり、先代の王、厲王が、遠い昔、祖先が妖狐を退治し、土中に埋めた甕を、好奇心から開けさせたことがある。

群臣はとめたが、狐が退治されたのは、二百年も昔のことだ。骸もすでに腐れ果て、骨さえ朽ちていよう、と、厲王は言い張った。人夫どもが塚をあばくと、鉄の鎖で縛った甕があらわれた。

王宮に運びこまれた甕は、厲王の前で蓋《ふた》を開かれた。女官たちも集まっていた。そのなかに、盧氏もいた。

甕の中には、形あるものは何もなく、底にわずかな水がたまっているばかりであった。

その水が、ぶつぶつと泡立ちはじめ、甕のふちから溢《あふ》れだした。盧氏はおもしろがって泡を踏みながら、甕に近寄った。

泡は盧氏の足にからまり、這《は》いのぼり、消えた。

盧氏は、そのときから、みごもった。

異様な懐妊を、泡と結びつけて怪しむものはおらず、男もいないのに幼い子がみごもるのは奇瑞《きずい》にちがいない、と厲王は、盧氏を大切にした。

そうして、十数年。子は産まれることなくすぎた。厲王は没し、宣王の世となった。

このたび、ようやく、女児が産まれたのでございます、と、盧氏は語った。

その赤子はどうした、との問いに、あまりに不気味なことなので、人にたのんで、川に投げ入れ、溺死《できし》させてもらいました、と盧氏は答え、その件は終わったかにみえた。

しかし、女児は、死んではいなかった。頼まれたものが、不憫《ふびん》と思い、命はとらず、野に捨てたのである。

捨子は貧しい男に拾われ、美しく生い育った。

宣王も没し、幽王《ゆうおう》が即位した。

女児は人買いに買われ、やがて、その美貌《びぼう》の噂がひろまり、王宮に召し出され、幽王の寵愛《ちょうあい》を受けるようになった。

その後の経緯は、殷の紂王、摩掲陀《まかだ》国の斑足王に変わらない。

妲己となのり華陽夫人と称した妖狐は、このたびは、褒姒《ほうじ》となづけられて幽王の皇后となり、王の心を奪う。

褒姒が笑わないのを憂えた王は、佞臣《ねいしん》の甘言をいれ、有事のさいにあげるべき烽火《のろし》に点火させた。

諸侯が、兵をひきいて馳《は》せ参じたが、王城はこともない。

諸侯は大いに怒った。しかし、王は褒姒の笑顔を得て、このうえなく倖《しあわ》せであった。

ほどなく、戦乱が起きた。敵国の兵が攻め入った。烽火をあげたが、諸侯は集まらず、王も褒姒も、殺された。

褒姒のからだから離れた妖狐は、大和《やまと》にわたらんと、機をうかがった。

遠い異国の妖狐が、いよいよ身近に迫る気配に、幼い彼は、草紙をめくる祖母の袖《そで》をにぎって聞き入ったのだった。幾度も読み返されて、草紙の表紙は手ずれしていた。

遣唐使《けんとうし》として唐土を訪れた吉備大臣《きびのおとど》が帰朝する船に、妖狐は、少女の姿でのりこんだ。聖武《しょうむ》の帝《みかど》の御世《みよ》、天平《てんぴょう》七年のことである。

それより、三百七十年ほどの間、妖狐は大和の地に身をひそめていた。

やがて、時は平安《へいあん》も末近いころ。

北面の武士坂部蔵人なるものが、清水《きよみず》の観音にもうでた帰り道、藪《やぶ》かげに、綾錦《あやにしき》につつまれた赤子が捨てられてあるのをみかけた。

子に恵まれぬのを、あわれと思《おぼ》しめした観世音が授けたもうたものと、抱いて帰り、妻もおおいに喜んで、藻女《みくず》と名づけ、養育した。

世にたぐいなき美女に育ち、怜悧《れいり》さも、衆にすぐれた。

帝に寵愛され、玉藻前の名を与えられ、と祖母が読み進めば、幾度となく繰り返し聞いているのだから――ああ、帝はだまされておいでになる、この美女こそ、唐土天竺《からてんじく》の王をたぶらかし、国をほろぼした妖狐なのだ、と、話の先行きを知りながら、幼い彼は、祖母の声に耳をすますのだった。

「玉藻前なら、知っていますけれど」

なぜ、唐突に、その名を女が口にしたのか。

「那須野《なすの》ですもの。ついそこに、殺生石《せっしょうせき》がござんしてよ」

ついそこに、といわれても、女の指がさしているであろう方は、板戸にさえぎられ、見えはしない。おそらく、窓の外にひろがる岩の原を示しているのであろう。窓枠に腰掛け、見下ろした。

岩石のなかから噴き出した血の痕《あと》が酸化したような、赤褐色、茶褐色、鉄錆《さび》色の肌は、月に色彩を奪われて青ずみ、しかし、硫黄《いおう》のにおいばかりは、月も奪えぬ。

「ああ、それでは、このあたり、那須野……」

5

帝の寵愛深い玉藻前に、后《きさき》をはじめ、妃たちの嫉妬《しっと》憎悪があつまる。

そのうち、昼となく夜となく、帝は物の怪《け》におびやかされて悩乱するようになった。

加持祈禱《きとう》をかさねても、いっこうに鎮まらぬ。

安倍晴明《あべのせいめい》よりかぞえて六代の子孫、安倍泰成《やすなり》なる陰陽師《おんみょうじ》が、斎戒沐浴《さいかいもくよく》して卦《け》をたてたところ、化生《けしょう》の魔畜、まさしく帝のお側にあるとの卦があらわれた。

〈化生の魔畜〉という言葉の意味を祖母に問い、あまりに凄《すさ》まじくて、幼い彼は、美女玉藻を恐ろしがりつつも、心惹《こころひ》かれた。

宴のさなか、ふいに荒い風が吹き、灯明が消え、そのとき、玉藻のからだは、白光を発した。

これぞ化生、と、安倍泰成は、帝の前で、玉藻前と対決する。

帝の寵姫《ちょうき》のいでたちは、瓔珞《ようらく》まばゆく照りかがやく宝冠をいただき、身に羅綾錦《らりょうきん》繡《しゅう》の五つかさねをまとい、芙蓉《ふよう》のまなじり、緋桃《ひとう》の唇、緋の袴《はかま》を踏みしだき、黒髪裾《すそ》にあまり、と、美句をつらねた形容に、幼い彼は、ただ陶然としたのだった。

わらわは帝の平癒を祈るばかり。貞妃とほめられこそすれ、化生よばわりされるおぼえはさらさらない、と、玉藻は言いはったが、陰陽博士安倍泰成、青赤白黒、四色の浄衣《じょうえ》をそれぞれに着し、同じ色の幣を奉《ぬさ》じた四人の陰陽師を東西南北におき、みずからは白い幣をとって呪文《じゅもん》をとなえ、蟇目《ひきめ》の弓をとって三度弦《つる》を鳴らすと、玉藻の顔色は土のようになり、わなわなと身をふるわせ、そのとき、魔風吹きたって、黒雲わきおこり、雷鳴とどろき、白日まのあたり、暗夜のようになった。

壇上の灯明が赫灼《かくしゃく》とかがやき、玉藻前はその姿を変じ、金毛九尾の狐の姿をあらわし、黒雲に乗り、虚空に飛び去った。

四色の幣を一つにつかみ、安倍泰成は、妖狐をかくした黒雲めがけ、投げつけた。

赤黒白、三色の幣は地に落ちたが、青い幣のみは、黒雲のあとを追い、宙に消えた。空は晴れた。帝の悩乱もおさまり、安倍泰成は面目をほどこした。

青の幣は、東をあらわす。妖狐は東国にひそんだにちがいない。疾《と》くさがせと触れがまわった。

関東下野《しもつけ》那須郡の領主・那須八郎宗重なる武者が、那須野ヶ原に青幣を見出《みいだ》し、妖狐ここにあるべしと、多数の軍兵をひきい、大がかりな狩りをもよおした。

しかし、妖狐の行方は知れず、那須八郎は朝廷に官兵の援軍を請うた。

勅命により、東国武士三浦介義純、上総《かずさ》介広常の両人が、悪獣白面金毛九尾の狐退治をおおせつけられ、その勢《せい》あわせて一万五千。

軍旗へんぽんとひるがえし、刀槍陽光にきらめかし、隊伍《たいご》をくんで、那須野ヶ原におしすすんだ。

原の四方をかため、列卒ども、銅鑼《どら》をならし太鼓を打ち叩《たた》き、法螺貝《ほらがい》を合図に、どっとあげる鬨《とき》の声、天にひびき山に谺《こだま》し、大地も裂け金輪奈落《こんりんならく》も崩れんばかりに狩りたてた。

二日二夜にわたったが、狐の影はない。どれほど隠れようと、尋ね出さずにおくものかと、おびただしい松明《たいまつ》を、ここかしこに投げて、原に火を放った。

炎に追い立てられ、金毛九尾の白狐が茂みから飛び出してきた。

荒れ狂う白狐を、那須八郎、三浦介、上総介、采配《さいはい》をふるって攻めたて追い回す。

6

「その、那須野がここなのですね」

彼は、窓の外に目を投げてつぶやく。

「お湯浴《ゆあ》みなさいましたでしょう。手拭《てぬぐ》いも染まるほど濃い硫黄泉」

「いいえ、温泉ときいたので、入りませんでした」

「温泉宿にきて、お湯をつかわれない。ずいぶんと……。硫黄泉はお嫌いでござんすか」

「嫌いというわけでは……」

母は、母屋に寝所があるのだけれど、ときたま、枕をかかえて、そっと離れに来た。

彼は目を閉じ、寝入っているふりをしながら、おっ母《か》さん、頼みます、そう、母が祖母にささやくのを、聞く。

だめなのかい。ええ、どうしても、怖くって。祖母のかたわら、彼とは反対の側に、母は枕をおいて、そっとからだをすべりこませる。憑《つ》き物だの地縛の霊だの、正体の知れた力が怖がらせるのであれば、呪《まじな》い師に祓《はら》わせることもできよう。神経の弱りとあっては、祈《き》禱《とう》師の手には負えない。

後に成人してから、彼は思った。父は、母を救えなかったのだ。いや、救う気もなかったのかもしれない。母も父に助けをもとめはしなかった。彼の目に、父の姿が入ることはほとんどなかった。

六歳という幼い年ではあったけれど、医師がすすめる湯治に、行くことの叶《かな》わなかった母をおぼえている。ほかの楽しみはともかく、母が許されなかった出湯《いでゆ》のくつろぎを、若いおれが享受できるものか、と、普段おとなしいくせに、それだけは内心かたくなに思いさだめている。

旅は、遊《ゆ》山《さん》のためではない。さる寺の天井に絵を描く仕事を知人から紹介された。食べていくにはかつかつの仕事しかない彼を見かねての好意であった。寝泊まりも食事も寺で賄ってくれるという条件で、そのかわり画工料はわずかだ。旅費にくわえてなにがしかを前金でもらい、その前金も、宿代で消えそうだ。

寺では約束した絵師がこないと腹をたてているだろうか。まあ、いいさ。一日おくれたところで、人の生死にかかわるわけでもない。

訪れることがあろうとも思わなかった那須野ヶ原に、ひょんなはずみで足を踏み入れたのは、喜ばしいことかもしれない。

「ここで、玉藻前は、東国武士の矢に刃に、追われたのですね」

「はい」と、板戸のむこうから。

「三浦介義純が、諏訪明神より賜った弓に矢をつがえ」と、彼は記憶に残る草双紙の一節を、「神よ擁護をたれたまえと唱えながら、よっぴいて、ひょうと放つ。矢はあやまたず狐の脇腹にはっしと立った。それでも狐はひるまず、射手をめがけて飛びかかるところを、二の矢が首筋を射ぬいた」

ああ、と、板戸のむこうは、小さい吐息。

「三浦介義純、希代の悪狐を射止めたり、と、大音声《だいおんじょう》。しかし、狐はなおも荒れて飛び掛かる。そのとき、上総介、大身の槍《やり》でぐさと突き伏せた。狐は槍に嚙《か》みついた」

「しぶとうござんすね」

「大勢の士卒《しそつ》列卒《れつそつ》、われもわれもと、折り重なり、槍で突き、刀で切り苛《さいな》み、襤褸《らんる》のようなありさまとなって、狐は息絶えた」

「そうして、石と化しました」

「そうでしたね。士卒どもがおどろいて、大石を引き起こそうとしたところ」

「将棋の駒を倒すように、はたはたと倒れ死にましたって」

「近寄るもの皆、倒れて死んだ。報《しら》せをうけて都から安倍泰成が下向し、狐は毒石と変じたと、制札をたて、近くを通ることを禁じた。ところで、奇妙なことかもしれませんが、那須野の狐といえば、ぼくは、なんだか哀れでならないのですよ。いかに妖り殺しだ」

狐といっても、たった一匹でしょう。それを一万五千の武士が、よってたかってなぶ
妲己、華陽夫人、褒姒。時代が下がるにつれて、魔獣は哀れをおびてくるように、彼には感じられる。

玉藻前にいたっては、魔物畜生と罵《ののし》るやからのほうが荒《あら》らかに思える。

「ぼくがこの場を絵に描くとしたら、楚々《そそ》とした女が、蕭条《しょうじょう》とした芒《すすき》の原にただひとり、ひっそり立っていることにするでしょう。少しのけぞって。胸に矢が一本、突き立っているのだから」

「そんなことを、おおっぴらにおっしゃっちゃいけません、あなた。帝《みかど》をたぶらかした化生の魔畜の肩を持つなど」

「帝は、ぼくにはかかわりないもの。でも、狐の女の顔は見えます。ぼくはね、ねえやと、玉藻前ごっこをして、遊びましたっけ」

「ねえやさんと？」

「祖母の身の回りの世話をさせるためにおいていたねえやです。おたよといいました」

「そのおたよさんとやらが、玉藻前になりなさったの」

「いや」彼は、言葉をつづけるのを、恥じらった。幼いときは、なにもうしろめたい

ことはなかったのだが、長じて思い返すと気恥ずかしい。おたよの長襦袢《ながじゅばん》を借り、それが妖姫の衣のつもりであった。彼の身丈にはもちろんあわず長く裾をひき、それゆえ、王朝の衣裳《いしょう》に似た。おたよの着物は地味な木綿縞《じま》ばかりで、赤い長襦袢が、幼い彼には一番きれいなものに思えたのだった。

「あなたの話を聞きたいな」

と、話題をそらす。

「嘘っぱちを申しますよ」

「どうぞ。どうせ、僕にはわかりゃしません」

「こうみえても」と言いかけて噴き出し、「千里眼じゃあるまいし、お見えになるわけはござんせんよねえ。樫《かし》の板戸のあちらとこちら」

踊りの師匠なんでございますよ、とつづけた。……流、と言ったが、流派の名は聞きそびれた。

旅芸人と想像したのは、はずれたか。もっとも、嘘っぱちを言いますと、相手ははなからことわっている。嘘を言いますという言葉も嘘なら、話すのは真《まこと》。だが、それでは嘘をついたことにはならない、などともやもやし、まあ、そうむきになることもない、と思い捨てる。

「もとは、……流なんでございますが」と、これは彼も名を知っている高名な流派の

名をあげ、

「お家元にそむいて、小さいながら、一派をたてまして、これでも、あなた、家元なんでございますよ」

なんと応《こた》えてよいやらわからず、「はあ」と、意味もないあいづちを打つ。

「弟子もそこそこ集まりまして……先のお家元の弟子のなかから、わたしについてきたものもいましてね。おさらいの会を、少し派手に開くことにしましたの。花火をうちあげようという心づもりですわね。小さい子は、『手習子《てならいこ》』や『雨の五郎』。おきまりでさあね。ちっと年季のいったのは、『三つ面子守』『朝妻舟』、『保名《やすな》』『汐汲《しおくみ》』『越後獅子《えちごじし》』『近江《おうみ》のお兼』の布晒《ぬのざら》し。どこのおさらい会も似たりよったり。それだけじゃ、あなた、裏切り者とうしろ指さされながら、一派をたてたわたしの意地がたたない。新作をふりつけて、と思い立ちましたものの、これがねえ」

できないんですよ、と投げるように言った。

「玉藻前を、と、あなた、お告げ」苦笑して、「本気になさっちゃいけません。お告げなんてね。お狐さんが夢枕にたってくれたわけじゃ、ござんせんよ。前々から、思っていたんです。浄瑠璃《じょうるり》や歌舞伎には、ずいぶん玉藻前の話はありますけれど、所作事はござんせんから、まず、唄《うた》からつくらなくてはなりません。清元のお師匠さんに節付けもお願いしなくてはならない。おおごとでござんすけれど、ここにきて、お祈りしたら、なにかいい思案が浮かばないものでもないと」

7

那須の荒野に石となって捨て去られた玉藻前の話はまだつづく。

空を飛ぶ鳥、野の獣、石に近寄ると、たちまち死ぬ。

石の下からわずかばかり湧き出る水が、細流《ささ》れとなって鍋懸《なべかけ》川に流れ入り、その川下に、魚は棲《す》まなくなった。

悪獣の執念なお残り、毒気を発しているゆえと、殺生石と呼ばれるようになったというのだが、彼には、孤独な玉藻が、人恋しさにたえかねて、飛ぶ鳥に、野の獣に、呼びかけ誘いかけるさまと思えるのだった。

玉藻の声は、発すれば毒となる。

自身の意思をこえて、世にあらわれれば、即ち毒。

「ああ、おやさしい」

なにも言わないのに、彼の心中を見抜いたように、女の声。

「いいえ、やさしくァありません」

「おかげさまで、振付のめどがつきました。芒の原に、女がひとり。淋《さび》しいんですわね、きっと。唐土天竺の王にも、大和の帝にも、本気で、恋していたんでしょうね。でも、魔性もの、毒性もの、畜類と、憎まれて」

「荒野に佇《たたず》む玉藻前は、白い衣でしょうね」

ころもくだされ、ぬのくだされ。

耳の底に、夢の名残の言葉が流れた。

「本気になすっちゃ、いけませんよ」

女の笑いをふくんだ声。

「嘘っぱちだって、はなっからおことわりしています」

その言葉が耳を素通りしたのは、追憶が彼をつつんだからだ。

母が死んで、葬式も終え、何日たったときだったろうか。祖母が珍しく留守で、彼がひとり草双紙をめくっているとき、兄が、離れに入ってきた。ふたりいる兄の下のほうで、言動が荒いから、彼はいささか苦手にしていた。もっとも、長兄は彼が目に入ってもいないようで、言葉をかけてくれることもほとんどなかったが。

彼の手から草紙を奪《と》り、さっと目を通し、

「こんなくだらない話ばっかり読んでいると、頭が悪くなるぞ」

祖母に毎夜読んでもらっているなどと言ったら祖母まで罵倒《ばとう》されそうだ。

「いろんな伝説をこきまぜただけの代物《しろもの》だ」

と、次兄は鼻で笑い、

「殺生石ってのは、つまり、硫黄《いおう》だよ。昔は、那須野のあたりは、猛毒の硫黄が噴き出していたから、生き物は棲息《せいそく》できなかったんだ。それだけのことだ。もう少し、学問的な話を読まないと、学校にあがって困るぞ」

草紙を丸めて、彼の頭をかるく叩《たた》いた。

そのときだった、と、彼は、突然、思い出した。

次兄が、彼に話して聞かせたのだ。おたよが父の妾《めかけ》を兼ねていると。

「あんな女、さっさと追い出すべきなんだ」

と、兄は憤然と口にした。

「お母さまが、ときどき、夜、ここにくることがあっただろう」

うなずくと、

「そのときは、おたよが、お父さまの床に入っていたんだぜ。お父さまがおたよを呼ぶたびに、お母さまはここにきていたんだ」

何を意味するのか、彼には明確にはわからなかったが、忌まわしいことなのだと、それだけは、直感したのだった。

今、このときになって、不意に、彼は思いあたった。

ゆえのない不安。どうにも怖くって。そう母は言っていたけれど、祖母に真相をさとられないための嘘だったのだ。夫のいいつけで、妾と床をかわらねばならないとは、母親に打ち明けるにはあまりにみじめであったろうから。

いや、次兄でさえ気付いていたことだ。祖母も察していたのかもしれない。察しても祖母は父をいさめることはできなかった。居候の身だ。父の意思にさからうことは、祖母ばかりではない、だれひとり、できなかった。

次兄の言葉の意味はわからないながら、おたよが、なにかいけないのだ、漠然とそう彼は感じた。

——ひそかな悪意を、おれはおたよに持ったのだったろうか……。

ころもくだされ、ぬのくだされ。

遠い記憶の中にある言葉ではなかったか。

8

殺生石の怨恨《えんこん》を教化せんと、博学秀才の名僧らが、弟子をひきつれ、幾度となく那須野に下ったが、いずれも、石の発する毒風にあたって死んだ。

星霜うつり、北条時頼《ほうじようときより》執政のころ、播州《ばんしゆう》法華寺の名知識、玄翁和尚《げんのうおしよう》が、勅命を受け、那須野におもむいた。

弟子もつれず、ただひとり、右手《めて》に払子《ほっす》、左手《ゆんで》に念珠をまさぐり、殺生石の遠くより経文を誦《しょう》しながら、近づいた。

石の下の土が揺れ動き、妖風まきおこり、前に進めなくなった。払子をうちふり、大乗妙典を高らかに読み上げれば、烈風に衣はずたずたに裂け荒布《あらめ》のようになりはしたが、身にさわりなく、石のかたわらに近寄り、悪獣教化を念じ、念珠をふりあげ、はっしと石に打ちつけた。

石は砕け、綺羅錦繍《きらきんしゅう》の美女が一瞬、霧のようにあらわれ、のけぞって消えた。

法力によって、妖狐は退治されたというのが草双紙の結末だったが、次兄に咎《とが》められた数日後だったろうか、幼い彼は、いつものように、おたよの長襦袢《ながじゅばん》をまとい、玉藻前に扮《ふん》して、おたよを相手に、さらに物語をつづけたのだった。物語は、彼の内奥《ないおう》から、おのずと生まれた。

遠い日のことなので、忘れていた。

いま、鮮烈に思い出した。

おたよは、雑巾《ぞうきん》を刺しながら、彼の相手をしていた。

祖母の針箱である。絎台《くけだい》の頭が針刺しで、三段になった小さい抽斗《ひきだし》の中に、鈴のついた小鋏《こばさみ》や、箆《へら》や、糸巻きや、細々したものがおさめてある。

坊主が石を砕いたって、玉藻前は、死にはしない。

でも、錦繍の衣が、ぼろぼろになってしまった。

身をおおう布一枚、ない。

荒れ野に裸身で立つ玉藻は、

「衣くだされ。布くだされ」

彼も長襦袢を脱ぎ捨て——これは、襤褸になったつもりだ——裸身になり、衣くだされ、と、おたよにすり寄った。

「寒うてならぬ。衣くだされ」

「坊っちゃまは、まあ……」

針をひきぬいて、おたよは困ったように笑った。

「坊っちゃまじゃない」

「はい、玉藻前さま」

おたよは笑いながら、糸のはしを切り、雑巾を手渡そうとした。

「だめだよ、雑巾なんか」

「これでよございますか」

「前掛けも、だめ」

「それじゃ、これ？」

帯をとく。

「だめ」

「おませさん」

おたよの笑顔に、不快なものを、彼はおぼえた。

「あのね、岩を砕かれたとき」と、彼は説明した。「玉藻のからだも、砕けたの。だから、布を、少しずつね、百人の人から集めて、はぎあわせるの。そうすると、玉藻のからだも、もとどおりになる」

「そんなお話、たよやは初めて聞きました」

「そりゃ、たよやは知らないさ。いま、ぼくが考えたんだもの」

ねえ、布をちょうだい、と、彼はねだった。

このくらい、と、指で四角をつくる。

「衣くだされ。布くだされ」

「はい、はい。困りましたね。雑巾もだめ、前掛けもだめ」

「帯もだめ」

「じゃあ、これ」

着物の前をはだけ、翼のようにひろげ、彼を包みこんだ。

浅黒い肌は、金属質のようにみえるのだけれど、包まれると、やわらかく、なまあたたかく、少し汗のにおいがした。

汗ばむには早い季節だった。

春だった、と思い出す。西に向いた窓のむこうに、連翹《れんぎょう》が盛りで、黄色い花叢《はなむら》が、厚く盛り上がっていた。そこに桜の淡い花びらが散ってきては、連翹にのみこまれていた。

おたよの胸にのみこまれて、彼は焦った。

「ちがう。だめだよ」

声がくぐもった。

突き放して、逃げた。逃げるはずみに、針箱につまずいた。

畳の目に、鋏だの篦だの、そうして、おびただしい針が散った。

「いけない坊っちゃま。針は、たいへんなんですよ。刺さって折れると、からだの中に残った先が、血の脈の中をぐるっとまわって、心臓に突き刺さって死んじゃうんですよ」

畳に目を近づけ、丹念に拾う。

風といっしょに、連翹の花びら、桜の花びら、窓から吹き込んできて、目をまどわせた。

黄と淡い紅が模様をつくった薄刃の剃刀《かみそり》が、彼の目をひいたのだった。

9

〈褪《あ》せては居るが色々、浅黄《あさぎ》の麻の葉、鹿子《かのこ》の緋《ひ》、国の習《ならい》で百軒から切一ツづゝ集めて継ぎ合す処がある〉という一節を、これも、祖母が読んでくれたのだったろう、後に、泉鏡花の『二世の契《ちぎり》』を読んでいたとき、記憶にあるのと同じ文章に出会った。(黒ずんだ鬱《う》金《こん》の裏の附いた、はぎ〳〵の、之《これ》はまた美しい) という前段は記憶からぬけていたが。

裸に剝《む》かれた玉藻のために、百の小切れをあつめて、接《は》いで、でも、その小切れは、ただの布じゃあだめだ。

雑巾もだめ、前掛けもだめ、帯もだめ。必要なものは漠然とわかっているようで、はっきりしなかったのだけれど、剃刀を見たとたん、明瞭《めいりょう》になった。

玄翁の一撃で、岩も玉藻もこっぱみじん。赤剝《あかむ》けになった玉藻の肌を、百の皮膚の破片でつづりあわせてやらねば、かわいそうだ。

剃刀の柄は、藁稭《わらしべ》で固く巻いてあった。その手応《てごた》えも、記憶の底から浮かんだ。

「少し、ちょうだい。たくさんはいらない」

おたよの頬にあてて、すいと引いた。四角に切目をいれようとしたが、おたよが身をひいたので、斜めになった。

おたよは彼の手首をきつくにぎり、「そんなに、憎いんですか」と言った。

「わたしだって、旦那様《だんな》に好きで仕えているわけじゃない。でも、そんなに憎いなら、思い切り、胸を突いたらいいんです。顔を薄く裂くなんて、酷《むご》い」

「少しでいいの」と言いながら、彼は泣いたような気がする。

おたよは、その後、暇をとったのだろうか、いつのまにか、いなくなっていた。

その翌年、尋常小学校に入学し、祖母も死に、父は後妻をむかえ、離れは、ふたりの兄の勉強部屋になり、祖母の遺品は処分され、草双紙のたぐいも、なくなった。

「そんなですから、ちっとも、やさしくァありません。おたよのことも、忘れていました」

「衣くだされ」と、板戸のむこうの声は言った。

「ええ、さしあげましょう」

彼は、樫《かし》の板戸をひきあけた。

重い戸であった。

月の光がさし入って、まばゆく、火の粉の朱じゃあない、穂の銀砂子がどっとなびき、桜散り舞う押入の中に、うなだれて坐《すわ》る女が、

「布くだされ」

彼はほほえんで、指のあいだに薄刃が光る女の手をとり、

「どうぞ。少しでよろしければ」

頬にあてた。

桔梗闇

1

み、みィと、地蔵が鳴いた。
地蔵が鳴くものか、猫だろうって？　まあ、お聞きな。
あたり一面、芒《すすき》の原。
おあつらえむきに、お月さまじゃないか。
月の光がつくる影のせいさ、地蔵が薄く笑っているように見えるのは。
一つだけなら、さほど目をひくこともない、身の丈五寸ほどの小さい地蔵だけれど、
それが、芒のあいだに、百か、二百か。
あちらで、みィ、こちらで、みィ。
鳴きかわすのだよ。
そう言って、桔梗《ききよう》はみィィと語尾をのばす。
「噓だい」

六歳の周也は、身をこわばらせ、空元気をみせる。

「嘘ばっかり言って」

「嘘と思うなら、お思いよ」

桔梗は、鏡にむきなおる。

浅葱《あさぎ》の長襦袢《ながじゅばん》を、両の肩までむきだしに、皿に溶いた水白粉《みずおしろい》を平刷毛《ひらばけ》で、のどから顎《あご》に塗る。もともと、艶《つや》のある白い肌だ。水白粉のほうが色が鈍い。

「はい」と、刷毛を彼の手にわたし、襟元をいっそうゆるめた。

なで肩で細く長い首がのびたさまが、細口の徳利《とっくり》みたいだと、周也は思っている。

一々言いつけられなくても、このごろは、何をすればいいのか、承知だ。

縁側に鏡台をおき、桔梗の敷いた座蒲団《ざぶとん》は、紫の縮緬《ちりめん》。

桔梗がくるまで、周也はその座蒲団を見たことがなかった。

「あたしは、そこで育ったのだからね、鳴き地蔵が嘘なら、あたしが育ったのも、嘘。ここにあたしがいるのも、嘘になる」

早くおしな、と、うながす。

板刷毛を手に、周也は少しうしろめたい。

ずり落ちそうな長襦袢は、細腰に巻いた緋《ひ》の腰紐《こしひも》でかろうじてとまっている。

陽の光が、鶏頭の脂ぎった襞《ひだ》のあいだにとろりと溜《た》まっている。

桔梗は片手でおくれ毛をかきあげ、少し前かがみになり、周也の板刷毛が触れると、「冷たい」と、首をすくめた。声が笑いをふくむ。

「動いたらだめだよ」周也は、どぎまぎして、声が邪険になる。

中腰で、肩から襟足の生えぎわまで、板刷毛を慎重にひく。

刷毛が感じる桔梗の肌の感触は、周也のみぞおちにまで流れる。

「軽く、刷いておくれよ、周ちゃん。そんなにきつくちゃあ、板があたるよ」

周也の目に、桔梗の頰のりんかくが、光にふちどられて映る。こまかいうぶ毛が、金粉のようだ。

「真ん中から塗って、それから、両脇というほうが、きれいに塗れるんだけれどねえ」

失敗したのかな、と、周也は困ってしまい、

「やりなおす？」

「いいよ。かまわないよ」

つづけて、と、うながす。

脂ののった肌に、水白粉がしっとりとなじむ。

小皿に刷毛をひたしては、丹念に塗る。

あいた手で、汗をぬぐった。

そのしぐさが鏡に映ったようで、

「汗っかきだね」桔梗はからかった。

み、みィと地蔵が鳴いたら、こんな声なのだろうか、と周也は思う。

背後に足音がしたので、周也はうろたえた。

だれに指摘されなくても、彼自身が気づいている。男の子が化粧道具をいじる、そのことだって、決してほめられたことではないけれど、それ以上に、桔梗の肌から刷毛を媒介につたわるこの感覚は、禁断のものだ。

足音は彼の後ろで立ち止まった。

ふりむかなくても、ばあやのおよねだとわかる。

およねは、周也の母がこの家に嫁ぐとき、実家から従《つ》いてきた古強者《ふるつわもの》で、母がいなくなった後も、いつづけて、奉公人をとりしきっている。

だから、周也よりこの家に長くいるのだし、まして先月から同居するようになった桔梗など、物の数でもないといったふうだ。

およねはそれでも、召使としての分は心得ていますというふうに、言葉に出して咎《とが》めはしないが、表情が、はっきり告げている。

坊っちゃま、いけません。その女のそばにへばりついていては、いけません。

およねは、桔梗をあからさまに蔑《さげす》んでいた。

2

去年の春、ねえやの一人、初江に九段《くだん》の招魂社《しょうこんしゃ》に連れて行かれたときのことを、彼は、くっきりおぼえている。

御国のために戦死した人を祀《まつ》ってある大きい神社なのだけれど、その境内が、見世物小屋やサーカス小屋がたちならんだ盛り場になっているのだった。浅草《あさくさ》も上野も行ったことのなかった彼には、招魂社は、はじめての、悪所のにおいのする場所であった。

この日、およねに、彼のお守りを言いつけられた初江は、坊っちゃまを公園にお連れしますと言って家を出たのだった。しかし、途中で気がかわったのか、「いいところへ連れて行ってあげます」と、秘密めかして言った。

「とってもおもしろいところ。でも、おうちに帰ってから、はつやとそこに行ったなんて、だれにも言っちゃいけませんよ。旦那《だんな》様にも、およねさんにも、だれにも。いいですか」

そう口にしたとき、初江は、おどしつけるような怖い目になった。

市電に乗って遠出するのは、めったにないことだった。

蛇娘だのろくろ首だの、河童《かっぱ》だの人魚だの、どぎつい絵看板を見上げながらおびえている彼に、「どれもいんちきですよ」と、初江は軽蔑《けいべつ》したような口調で言った。

「河童なんてね、筑後《ちくご》の川で捕まえたなんて呼び込みが言ってますが、ただの男の子ですよ。頭の天辺《てっぺん》を剃《そ》って、背中に作り物の甲羅をくっつけてさ、おしりに銀紙の目玉をはりつけただけですよ。五丈二尺の大蛇なんて、紙でこしらえた物なんだから、笑かすねえ。こんなのに、一銭だって払うのは馬鹿馬鹿しいですよ」

そう言って木戸の前を素通りして行くので、これでは、何も見ないで帰ることになってしまうと、彼は内心気を揉《も》んだ。

彼にとっては、父よりも、初江のほうがはるかに怖かった。十七か八になる初江は、奉公人の中では若いほうで、郷里は房州《ぼうしゅう》かどこかの漁村だということで、日焼けがしみこんだような浅黒い肌に、目鼻のりんかくがくっきり刻み込まれ、厚いくちびるのはしが少しめくれていた。奉公人のあいだに起きるいざこざは、初江が朋輩《ほうばい》の悪口を言いふらすのが原因になっていることが多いと、彼には思えた。

父と顔をあわせることは、あまりなかった。

父は、株屋なのだが、彼は、それがどういう商売なのかまるで知らず、植木を株分けして売る、つまり、植木屋の一種なのだろうと、漠然と思っていた。それにしては、苗木の株もなにも置いてなかったが、店は住まいと別のところにある。植木の鉢がずらりと並んだ店の土間を彼は想像していた。

父は毎日、自家用車で出向き、出かける気配は奥の間にいてもわかるが、帰宅するのは、彼が寝ついてかららしかった。家族持ちの運転手は、近所の長屋に住んでいた。父の姿をろくに見ない暮らしに、彼は馴《な》れていた。父親というのはそういうものだと思っていたから、不満もなかった。父が家にいるのは旗日《はたび》ぐらいなもので、そういう日は、彼はなんだか気づまりで、身の置き場に困った。父のほうでも、なついてこない幼い息子をどう扱ったらいいのかわからないのだろう、目があうと、とまどったようにそらせるというふうなのだった。

家は、だだっ広く、そうして、暗かった。陽光がとどくのは、庭に面した縁側だけで、日差しが這《は》いこむ冬でも、障子にさえぎられ、座敷は暗い。まして、蔵座敷ともなれば、昼でも電燈《でんとう》をつけなくてはならず、その電燈も十燭光《しよつこう》だから、黄ばんだ明りのとどく範囲はわずかだ。

家の中で唯一、人の気配がにぎやかなのは女中部屋と台所で、そこでは奉公人たちが、いつも口と手を動かしていた。

にらみをきかせているおよねがいないと、ことさら、台所は騒々しかった。

主人の家族は、ほとんど昼は在宅しない父親と幼い彼のふたりだけなのだから、女中だの書生だの外回りや庭木の世話をする老僕だのといった奉公人のほうがよほど数は多かった。

彼は、自分がこの家にいてはならないもののような気がすることさえあった。広い薄暗い家の中で、彼が居心地よく落ち着ける場所はなかった。

ことに、二階が恐ろしかった。

ことさら禁止されたわけではないのだが、いつのころからか、二階にはあがらなくなっていた。

窓をひろびろと開け放った二階の広縁の手すりにもたれて、鯉のぼりをながめている場面が、彼の記憶にあった。女の人がいっしょにいて、それが母だったような気がする。

しかし、階段の上は、闇だ。使うことがなくなって、雨戸を閉め切ってある。一度、のぼってみたらあまりの暗さに立ちすくみ、半泣きになっておりてきた。それ以来、階段は、のぼることはあってもせいぜい五、六段で、その上には行かない。

裏の階段は、ねえやたちが毎日、絞り上げた洗濯物をかかえて、のぼり下りしている。物干場に通じているのだ。男の子は、使用人の階段を使ってはいけないと、いつ言い含められたのだか、彼はわきまえている。家の中で、彼が足を入れてはいけない場所は、いくつもあった。台所、女中部屋、下の便所。便所は、上と下、二か所にあり、下は、使用人の使うものだった。裏の勝手口も、彼が出入りしてはいけないのだった。主家の跡取り息子は、内玄関を使わなくてはいけない。荘重な表玄関は、特別なときのほかは閉ざされている。閂《かんぬき》をあけるのは、大事な来客のあるときだけなので、玄関ホールは少し黴《かび》くさい。

「白みみずだって。蛇みたいに大きい」

絵看板を見上げ、つぶやく彼に、

「見たいんですか、こんなの」

初江は、鼻であしらい、

「豚のはらわたに鰻《うなぎ》を入れて動かしているんですよ」

彼は目移りした。

どの絵看板も、好奇心をそそるとともに、あやしげで、恐ろしくもあった。

正直な気持ちは、〝ここは嫌いだ。もっと明るい楽しいところに行きたい〟なのだが、その明るい楽しい場所が、どこにあるのだか、彼は知らなかった。

明るい場所といえば、教会があった。日曜日に、二、三回、叔母《おば》に連れて行かれたことがある。母の妹で、東京の郊外に住んでいる。

母の実家、川辺家は、男の子がいないのに長女である母が他家に嫁いだから、次女である叔母が婿養子をとった。叔母の夫は学者だということで、周也は、学者というのが何をする人なのか、知らない。

叔母が彼を教会にともなったのは、どういう気まぐれだったのか。ペンキ塗りの、洋館というにはあまりに安っぽい木造の建物だった。窓からはいる陽に、木のベンチをならべた部屋は、ただ殺風景にしらじらとしていた。

教会の窓から見下ろすと、その下は隣の寺の墓地なのだが、そこも翳《かげ》はなく、墓標は、膝下《しっか》に骨を抱くとはとても思えない、ただの石にすぎなかった。

単純に明るく、つまらなかった。

回転木馬が、彼の目をひいた。

ゆっくり回る木馬を横目に、歩みののろくなった彼の腕を、初江がひっぱった。

そうして、

「あそこに入りましょう」

そそのかすように言った。

小さい天幕から、物哀しく騒々しいじんたが流れていた。

ねえやたちが歌っているのを、彼も聞きおぼえてしまっている曲だった。

初江は、じんたにあわせて鼻唄《はなうた》をくちずさみながら、彼の返事も待たず、入口のほうに歩き出した。

赤い小さい財布から小銭をだして木戸銭を初江は払った。お八つ代を、初江がおよねから受け取るのを、周也は見ている。駄菓子の買い食いは禁じられているのだが、たまたま買い置きのチョコや煎餅《せんべい》が切れていた。ついでに、みんなのお八つも買っておいで、と、およねは銭を初江にわたした。それが、電車賃や木戸銭になったようだ。おもしろいところに連れて行ってあげますと言ったとき、初江は、「そのかわり、お八つのお菓子を、坊っちゃまが高いのをほしがったので、お銭《あし》はみんな使ってしまったと、そう、およねさんに言うんですよ。わかりましたね」と、おどしつける口調で言ったのだった。

初江が連れ込んだ小屋の中は、数少ない見物人が、柵《さく》にもたれて、立ったまま眺めていた。

舞台もなく、床板もなく、土のにおいと動物の体臭や糞《ふん》のにおいがこもっていた。柵のむこうでは、猿まわしが、猿に芸をさせようとしていた。猿は不精で命令をきかず、猿まわしは笞《むち》で土間をたたき、むやみに威嚇した。猿も歯をむいて応じ、うやむやのうちにひっこんだ。

なにもおもしろいことはありはしない。

初江に秘密をおしつけられたことばかりが、こころに重かった。

およねは嘘を見抜くのがうまい。縁日で、読心術というのを見たことがあるが、およねもその術をこころえているのではないかと、周也は思うことがあった。

何食わぬ顔で帰宅しても、およねは、きっと、初江と周也がどこへ行っていたか、見通してしまう。

市電に乗っているときは、好奇心と期待が不安を忘れさせていたのだが、うしろめたさがしだいに膨らんだ。ここは、子供がきてはいけない場所だ。

野卑という言葉は、まだ彼の語彙《ごい》にはなかったけれど、その感覚はわかる。からだの芯《しん》に、なにか薄汚いものがしみこんでくる。

正面は、あばれ熨斗《のし》の模様もうすれた幕でおおわれ、そのかげから、縮緬紙《ちりめんがみ》で作ったような丁髷《ちょんまげ》の鬘《かつら》をかぶった福助が裃《かみしも》姿であらわれ、口上をのべた。

何を言っているのか、周也には聞き取れなかったが、上を指差すので、目をあげた。梢《こずえ》から空の高みに向かって飛びたつ鳥の軌跡のように、斜めに一筋、綱をはりわたしてある。

幕の陰からのびた一端は、たいした高さではないが、緊張をはらんだ綱の果ては梁《はり》をむきだした天井の闇に没していた。

初江に脇腹をつつかれて、目を正面の幕の方にむけなおすと、紫の振袖《ふりそで》に薄紅の襷《たすき》をからげ、片手に唐傘をかざした女が、綱をわたりはじめるところだ。

女はほっそりしてはいたが、歩を進めると、綱はたわみ、土間とほぼ平行になった。はらはらするほどのことはなかった。落ちたところでたいした怪我もしないだろう。

しかし、たわんだ分だけ、残りの綱の傾斜は急になる。

福助と猿まわしの男が、障子を一枚、運んできた。

綱の上に、女はあおむけに寝た。

ふたりがほうりあげた障子の枠を足の指でささえ、寝たままもちあげる。ななめにし、角を足先でくるくるまわす。

割れた裾《すそ》からのびた脛《すね》は、桃色の脚絆《きやはん》をつけていたが、腿《もも》はつけねまで肌がむきだしだ。

ひとしきり足芸をみせた後、起き上がり、ふたりの後見がささえる障子に、ゆれる綱の上で、筆で字を書いた。ふつうに上から下に書き下ろし、ついで、下から逆に上にむけて書き、最後は筆を口にくわえて、書き下ろした。

福助がなにか口上をのべるのだが、周也にはまるで意味がとれなかった。

初江もなにも説明してはくれず、ときどき、周也にちらと横目をくれ、妙な薄笑いをうかべたりした。

その後の記憶が、周也はあいまいになる。

急傾斜の綱を、女は一気にかけのぼった、という場面が浮かぶのだが、それは、現実にあったことか、帰宅した夜に見た夢なのか……。

その年の秋、周也は、父方の伯母《おば》に連れられて芝居を見に行っている。父の姉にあたるこの伯母の夫は日本橋小舟町《にほんばしこぶなちよう》で大きな質屋をいとなんでおり、暮らしはゆとりがあり、伯母は芝居はしじゅう見ているようだった。伯母のところの女中もお供で、ふたりの話のようすから、父方の伯母が彼を芝居見物に連れ出したのは、教会にともなう母方の叔母とはりあってのことらしいと、周也は察した。

招魂社の小屋で見た軽業と、同じような場面を、芝居でも見た。綱渡りをしながらではなかったが、女が障子に字を書くやりかたが、下から上に書いたり、筆を口にくわえたりしていた。

あの女は狐なのだよと、伯母は小さい声で教えた。狐が、あの男の女房に化けているのだよ。でも、女房になるはずの本物のお姫様があらわれたから、古巣の信田《しのだ》の森に帰っていくの。男とのあいだに産まれた子供を残してね。

伯母に教えられなくても、話の筋道はのみこめた。

そうして、年が明けて、いつのころからか、突然、桔梗が彼の家にいるようになったのだ。

ことさら引き合わされたわけでもなかった。どこからきたともしれない猫が、気がついたらいついていた、というふうに、彼が意識したときは、もうずっと前から彼の家にいるような物慣れた様子で、縁側で鏡に向かっているのだった。

夏の夕方、縁側に横坐《よこずわ》りになり、はだけた襟元を団扇《うちわ》であおいでいる姿を見ているから、桔梗が彼の家に住みついたのは、晩春のころからだったろうか。蚊遣《かやり》の煙が、膝《ひざ》のあたりにたゆたっていた。

名前も、彼は、知らない。

桔梗と呼ぶのは、彼の心の中だけだ。

招魂社の軽業の小屋の前に色褪《いろあ》せた幟《のぼり》がたっていて、『桔梗太夫さん江』という文字のうち、彼が読めたのは、〈夫〉という字と〈さん〉と〈江〉だけだったが、初江が「ききょうだゆうさんえ」と書いてあるのだと言い、ききょうは、秋に咲く紫のあの桔梗の花のことだと教えた。

綱渡りの女は真っ白に顔を塗りたくり、血の一雫《ひとしずく》のようにくちびるに小さく紅をさしていた。

初江に、彼はたずねたかった。どうして、綱渡りのひとが、うちにいるの。

しかし、招魂社に行ったことは、だれにも内緒なのだ。

公園で遊んでいたという嘘を、だれも見抜いて咎《とが》めはしなかったが、いつばれるかと、彼は胸が重かった。

およねは、とっくに気がついているのかもしれない。彼が自分から告白するのを待っているのかもしれない。

ばあやには、なんでもわかるのですよ、というのが、およねの口癖だ。

嘘をついても、ばあやには、わかってしまう、と、彼はあきらめているのだが、このことばかりは、隠しとおさなくてはならない。

なぜか、彼にはそう思えた。

これまで、直接の体罰をあたえられたことはなかった。

ふだんは、閻魔《えんま》様とか、地獄とか、そんなものをもちだして戒めているのだが、一度、およねに禁じられている紙芝居をこっそり見たのが露顕したとき、およねは、彼を仏間につれこみ、仏壇の前に坐らせ、袋戸棚から錦《にしき》の袋を出した。袋の口紐《くちひも》をとき、中から出したのは、短刀だった。柄《つか》も鞘《さや》も白木なので、最初、なんだかわからなかったが、およねは、鞘から少し抜いてみせた。一寸ほどのぞいた白刃に、彼は身ぶるいした。彼がとりかえしのつかない悪事をしたら、およねはこれで自分の喉《のど》を突くと、言いわたした。

殺されるのも怖いが、およねが喉を突くところは、思い浮かべただけでも、陰湿な怖さがあった。

よほど古いものなのか、錦の袋は、色が褪せ糸目がほつれていた。しかし、刃のなまなましい輝きは、ほんの一寸ばかりなのに、切っ先《すえ》の鋭さまで想像できた。

母の実家は、もと、さる大名につかえた御典医の裔で、格式の高い家柄なのだと、およねは、彼に我がことのように誇った。

お家柄から言えば、華族様におとらないのですよ。お母さまがおいでなら、華族様や宮様がたとおつきあいしても恥ずかしくないだけの躾《しつけ》をなさいます。かわりにわたしが、と、およねは言うのだった。

紙芝居の毒々しさは、たしかに、彼に罪の思いをもたせた。

ましてご招魂社のあのあくどい見世物を見たと、およねに知られたら……。錦の袋からとりだした短刀の、白木の鞘をはらうおよねの姿が、眼裏に顕《た》つ。

決してさとられてはならない。そう思うと、初江にたしかめたい言葉が口からでない。軽業だの、綱渡りだの、言葉の端も、立ち聞きされてはならなかった。およねが直接耳にしなくても、奉公人のだれが聞き耳をたてているかしれたものではない。

ふりむいて、周也の手から水白粉《みずおしろい》の刷毛《はけ》をとり、

「ああ、もういいよ。ご苦労さん」

桔梗は、牡丹《ぼたん》刷毛で粉白粉を肌にたたき始める。

白粉の細かい粒子が、宙にとんで、秋の日差しの中にきらきらする。

「鳴き地蔵の話はお嫌かい。それなら、ほかのお話をしてあげようか」

「嫌だ」と、周也は耳をおさえた。

桔梗が何の話をするか、わかっている。はじめに聞いたとき、彼が怖がり嫌がったので、桔梗はおもしろがって、何度も聞かせた。

よくある継母の継娘いじめの話だが、父親が旅に出ているあいだに、水をみたした湯船に娘を入れて蓋《ふた》をし、重石《おもし》をのせ、薪《まき》をくべ、茹《ゆ》で殺すというのが、周也にはなんとも怖くて、その話を聞いたあとしばらく、風呂《ふろ》に入れなかった。

襷がけで裾をはしょり、彼の背中を流すのは初江の役目なのだが、力ずくで湯船におしこめられ、蓋をされそうな気がして、気分が悪いの、腹が痛いのと口実をもうけ、入浴をこばんだ。

旅に出る前に、父親は、娘に、土産はなにがいいかと訊《き》く。

赤い振袖《ふりそで》の着物を、娘はねだる。

仕事をすませ、旅先から家に帰る途中、竹藪《たけやぶ》のそばで父親が一休みしていると、風に竹の葉叢《はむら》がさやさや鳴って、それが、娘の声のように聞こえる。

「お父さん、赤い振袖、いりませぬ。お湯が熱くてなりませぬ」

娘の言葉を、桔梗は、物哀しい笛のような細い高い声でまねるのだった。

桔梗の声は、周也の耳からからだの芯《しん》にまでしみとおる。

「お父さァん、赤い振袖……」

「嫌だ、嫌だ」

耳をふさぎながら、聞きたくもある。

桔梗は彼を膝におさえつけ、耳に口をつけ、「いりませぬ」と、細くささやいた。

桔梗の息が耳の穴にはいり、さらに、舌がふれた。

ちろちろと、桔梗の舌は、周也の耳の穴をなめた。

「かわゆいねえ、このほっぺ。食べちまおうか」

「嫌だ」

本当に食べるわけはないと思っても、絵看板の蛇娘や河童《かっぱ》が、桔梗の感触にかさなり、得体の知れないこの女が、なにをするかわからないと、ぞっとする。

しかし、桔梗の膝の感触がここちよくて、はなれがたい。

人の視線を感じる。

目を上げると、さっき通り過ぎて別の部屋に行ったおよねが、また戻ってきて、つっ立ったまま、見下ろしている。

「なにか、用なの」

桔梗の口調は、彼を相手にしているときとは、がらりと変わった。

「用があるなら、坐ってお言い」

主人に立ったまま物を言うのは、とんでもなく不作法なことだ。日ごろ他の奉公人たちに、きびしくそう躾《しつ》けているおよねは、しぶしぶ畳に膝をついた。

「坊っちゃまに、あまりよくないお話は聞かせないでください」

くださいませ、と、言うべきだと、周也は思った。

「本を読んであげていたのに、何が悪いのだろう」

桔梗の手には、いつどこから出したのか、濃緑色の羊皮の小さい本が開かれてあった。

さっきまで、牡丹刷毛を持っていた手だ。本は鏡台の上にあったのだろうか。彼は気がつかなかった。なんとなく、桔梗は本など読まないだろうと思っていたので、周也には意外だった。

「──姉よ、日は毛布《けぬの》のごとく黒みきたれり、

──弟よ、海もまた毛布のごとく黒みきたれり」

と、桔梗は、低くささやくような声で読んだ。

「──姉よ、汝《な》が銀《しろがね》の時計はいまだ七時を指せるや、

──弟よ、汝が冷《ひえ》し髑髏《どくろ》はいまだ口を噤《つぐみ》て語らざるや」

姉よ、弟よ、とよびかわす言葉に、周也は、不穏なものを感じた。禁忌の領域にいる姉弟《きょうだい》と、漠然と感じたのである。

「髑髏だなんて、妙なことを坊ちゃまに吹き込まれては、わたしが旦那《だんな》様に叱られます」

「前の奥さんが、持っていた本だけれどねえ」

桔梗が言うと、およねは、血相を変えてにじり寄り、小さい本をひったくろうとし

た。

彼は桔梗の膝《ひざ》から身を起こし、坐《すわ》りなおす。

「不作法な」

桔梗は、凛《りん》と叱りつける。

「旦那様から、わたしがいただいたのだよ。おまえにとりあげられるいわれはない」

「奥様の！　奥様のご遺品を」

け、と言いかけて、さすがに、およねは言葉をのみこんだ。

けがらわしい、と言いかけたのだと、周也は察した。

やはり、桔梗は、あの掛小屋の軽業師なのだ。

一目でそう思ったのだけれど、まさか、という気持ちも、周也は捨てきれないでいたのだった。

招魂社の見世物小屋は、悪夢のような異空間だった。そこの住人が、現《うつつ》の世を訪れることはない。まして、わが家に住みつくなど。

「先の奥様が旦那様に残しなさったものを、旦那様があたしにくださった。文句があるのかい」

歯切れのいい啖呵《たんか》に、およねは口答えをこらえたが、形相はすさまじい。

奉公人も出入りの者も、桔梗を奥様ともご新造《しんぞ》さんともおかみさんとも呼ばないこ

と に、周也は思いあたった。もちろん名を呼ぶわけでもない。
露骨にさげすみを見せながら、一応、主の相手として立てている。陰では、あれが、と小指だ。

「本を読むのがお好きとは知りませんでした」

皮肉を浴びせるのに、桔梗は片頬の笑みで応《こた》えた。

「あたしが、文字を読んでは悪いかえ」

「いいも悪いも、奉公人は、旦那様しだいでございまして」

「おや、忠義だこと」

桔梗は言い捨て、

「――死の夜きたれり、姉の死骸《むくろ》、
姉の死骸《むくろ》に夜光虫の群《むれ》は歌ひ、

――眠の夜きたれり、弟の死骸《むくろ》、
弟の死骸《むくろ》に市街《まち》の霧しづかに懸《かか》る」

と、読み進んだ。

周也は這《は》いつくばって、本の表紙を下からのぞきこんだ。

読めない字もあるが、形は目に残る。

背表紙に、金箔《きんぱく》で、『砂金』と記され、その下に作者の名が、『西條八十』と、これも金の細い文字で刻《こく》されていた。

およねの手が本を奪おうとするのが見え、周也ははね起きて、およねを、突き飛ばした。が、はねかえされて、あおむけにひっくりかえった。縁側に後頭部をしたたかぶつけた。

うろたえて、およねは「坊っちゃま」と大袈裟《おおげさ》な声を上げる。

「痛かありませんて。周ちゃんは強いもの」

桔梗の手がやさしく頭を撫《な》でるまでもなく、彼は、痛みはまるでおぼえなかった。自分の非力にあきれていただけだ。およねは彼になにもせず、彼がひとりで弾力のある壁にぶつかって、ころがったのだ。

およねは、前掛けで顔をおおって、台所の方に走り去った。

その二、三日後、父がめずらしく家にいて、母方の叔母《おば》と、その夫が訪れてきた。座敷の次の間で、父と叔母はむかいあい、敷居ぎわに、瞼《まぶた》を腫《は》らしたおよねがひざまずいていた。

周也は、どこにいたらいいのかわからず、縁側の壁際に腰を下ろし、立てた膝をかかえた。

ここなら、障子にさえぎられ、部屋の中にいる大人に見咎《とが》められない。

桔梗の姿は見えなかった。

「周ちゃんは、しばらく、うちであずかりますから」

叔母の声は、真鍮《しんちゅう》の棒みたいに硬かった。

父の返事は、周也にはよく聞き取れない。

「およねも、いっしょに連れていきます。こんな風紀の悪い家に、姉さんの子供をおいておけやしません」

義兄《にい》さん、と、叔母の声がいっそうきつくなった。

「あなたが、ぜひ、妻にくださいと、うちの両親に頭をさげて頼みこんだことを、お忘れですか。そちらのようなおうちなら、正妻が死んだ後に、お妾《めかけ》を家に入れるのも、ふつうのことかもしれませんが、あいにく、わたしどもは、固い家柄でしてね。川辺の家は跡取りがいませんから、周ちゃんをいただいて、成人するまで大事に育て、跡をつがせます。そちらは、それ者《しゃ》あがりのお妾さんを、家にお入れになったのですから、その人に、これから跡継ぎを産ませたらよろしいでしょう」

自分の名前がでたので、周也は緊張した。

〈それしゃ〉って、何だろう。綱渡りのことを、それしゃって言うんだろうか。

「およねから、聞きましたよ。あの女は、周ちゃんに、いやらしいことを教えているっていうじゃありませんか。冗談じゃないわ。一刻だっておいておけません。今日、これから、連れていきますから」

「およね」と、父の声だ。「おまえ、告げ口などをしたのか」

「およねを責めないでください」と、叔母の声が「およねは、姉さんが死んだあと、すぐに暇《いとま》をとってもよかったんですよ。姉さんに仕えていたんですからね。でも、周ちゃんのために、この家に残っていたのですよ。およねがいなかったら、この家はめちゃめちゃになるところでした。わたしたちに相談もせず、義兄さんは、あの女を家に入れてしまった。相談したら反対されるとわかっているからでしょう。およねは、案じぬいて、とうとう、わたしに相談にきたんです」

およねは相談できる相手がいて、いいな、と周也は思った。

彼は、だれにも、相談できなかった。

そうして、だれも、彼に相談しなかった。

「義兄さん。わたし、知っているんですよ。あの女ばかりじゃない。義兄さんは、初江にも手をつけたっていうじゃありませんか」

「それも、およねから聞いたのか。うちには、間諜《かんちょう》がいたのだな」

苦笑まじりの父の声だ。

「筒抜けですよ、このうちの風紀紊乱《びんらん》は」

叔母は硬直した声で、父の笑いをはねかえす。叔母の夫の声は、まるでしない。交渉はいっさい妻にまかせているようだ。

「それじゃ、連れていきますからね。周ちゃんは、どこにいるの」

周也は身をすくめたが、そのとき、玄関の呼鈴が鳴った。

「戸田様がおみえになりました」

取次に出た初江の声だ。

伯母《おば》——父の姉——と、その夫の来訪だ。

父の援軍がきたのだな、と周也は思う。

「周ちゃんを連れていくなんて、そんな勝手な真似をしてもらっちゃ困ります」

叔母夫婦にむかって喋《しゃべ》り立てるのは、伯母の方で、伯母の夫は無言。

「志保さんがカリエスをわずらったら、うつる病気だから嫌だのなんのと、見舞いにもこなかったじゃありませんか」

志保というのは、周也の母の名だ。

「なみの家ではできない養生をさせてあげたんですよ。滋養のつくものを食べなくてはいけないとお医者が言いなさるから、そりゃあ手をつくして、わたしのほうで、毎日、魚河岸《うおがし》から生きたスッポンをとりよせてさ、ここにとどけて、この人が自分で生き血を絞って飲ませてやっていたんですよ。いたれりつくせりだ。女の役にはたたなかったんだから、妾をもつのもあたりまえでしょうが。弟は、坊さんじゃありませんからね。志保さんが、もう、どうにもしょうがなくて、入院させて、それからこっち、半分死んでいるのも同然な人でしょうが。病院の費用だって、たいしたものなのに、弟はぐちもいわず、払ってやっているのだから。奥方がそんなだから、ご側室を家にいれた。どこが、悪いんです」

「世間体というものが」

「それは、お宅さんの勝手ですァね」

「姉がかわいそうだとは、思わないんですか」

「あちらが役に立たないんだから、しかたないじゃありませんか。まるきり、なにもわからなくなった病人を、看病のゆきとどいた大病院に入れて、えらい先生に診てもらうようにしている。こんな贅沢《ぜいたく》な病人はありゃしない」

「初江のことは、どう言い開きなさるんです」

「初江だって、納得ずくのことですよ。主《あるじ》の手がついたからって、嫁にいくのに、何のさわりにもなりはしない。そのうち、似合いの相手を、私のほうでみつけてやって、立派に嫁にだします。そちらが口出しするこっちゃござんせんよ」

まくしたて、叔母夫婦は、対抗し切れなくなったとみえ、いったん引き上げた。およねを連れていこうとしたが、およねは、坊っちゃまをおいてはいけませんからと、残った。

「耶蘇《やそ》は、嫌だねえ、野暮天で。でも、このまま放っておくわけにはいかないよ。また、うるさく言ってくるだろうから。弁護士にまかせるのが一番だよ」

「高瀬さんにまかせる手筈《てはず》になっている」

「あんたのところの顧問の人？　あれは、あてにならないよ。うちで頼んでいる小田というのが、腕利きでね。この人に頼むがいいよ。得意先が多くて、いそがしい人なんだけれど、今日、時間をあけておいてもらったから、いっしょに行こう。今日をのがすと、だいぶ先になってしまう。そのあいだに、あっちがどんな手をうってくるかわからない」

父が外出の支度をしているあいだに、周也は、庭の築山《つきやま》の石燈籠《どうろう》のかげに、桔梗がしゃがみこんでいるのを、ちらりと見た。

櫛巻《くしまき》に巻き上げた髪に挿した簪《かんざし》が、陽の中でとろりと光る。

視線があうと、桔梗は、彼に笑みを投げた。

ひとしきり、騒々しく喋りたてながら、伯母夫婦と父は出ていき、それを見送る使用人たちのざわめきがしずまり、庭はひっそりした。

沓脱《くつぬ》ぎの上の庭下駄《げた》をつっかけて、周也は庭に下りた。

苔《こけ》を傷つけないよう、庭を歩くときは飛石づたいに行くように躾《しつ》けられているのだが、このとき、周也は、何をしたってかまうものかという気分になっていた。

下駄の歯の痕《あと》が土をふみにじり、足音は苔に吸いこまれた。

籠の足の下を指した。

「おいで」

石燈籠のそばに立って、桔梗は手招いた。

呼ばれたのが嬉《うれ》しくて、周也が小走りに築山に上ると、桔梗は、しゃがみこみ、燈籠の足の下を指した。

こまかい柔らかい土が擂鉢《すりばち》型にくぼんでいた。

「知ってる？」

「知らない」

「蟻地獄」

「蟻地獄って、これか。こんな穴のことを、蟻地獄っていうの？」

「穴の底にかくれている虫が、蟻地獄。でも、この擂鉢も、蟻には地獄」

桔梗は、小さい蟻をつまみ、穴に落とした。

やがて、立ち上がったので、つられて周也も立った。

しゃがみこんでいたから足が少ししびれた。

「大地獄じゃ、小地獄じゃ」

と、歌うように桔梗は言った。

そうして、つづけた。

「ひろい畠《はたけ》のまんなかで、

小人がしくしく泣いてゐる。
なんで泣くぞと
訊《き》いたらば、
足の下から
火が燃える」
くちずさみながら、築山を下りる。
周也もしたがった。
「跳《はね》る小人を
抱《いだ》きあげ、
踵《かかと》の底を
よく見れば」
からかうように周也に笑いをふくんだ目を投げ、
「真紅《まつか》な、真紅な
豆の花、
それでも小人は
泣きじゃくり、
大地獄じゃ

小地獄じゃ」

厚ぼったい真紅の襞《ひだ》を寄せ集めたような鶏頭の花を折り取り、「大地獄じゃ、大地獄じゃ」と、桔梗は周也の頰をくすぐった。

「火炎地獄じゃ。大地獄じゃ」

周也はからだを折って笑いころげた。

かくべつ可笑《おか》しいことは何もないのだけれど、桔梗がかまってくれるのだから、笑いで応《こた》えなければ。

「あっちが、地獄だけれどね」

桔梗は、静まりかえった母屋に指の先をむけた。

「牛頭馬頭《ごずめず》は、でかけちまったけれど、まだ、小粒なのが残っているねえ」

縁側、座敷、中廊下、茶の間、と幾重にもへだてられた向こうの台所では、初江たちがかしましく囀《さえず》っていることだろう。

「そうだね」

周也はうなずいた。

「こないだの本、持っている?」

「こないだの本て?」

「あの、皮の表紙の小さい」

「ああ、袖珍本《しゅうちんぼん》」

「しゅうちん？」

「こういう、袂《たもと》にはいるくらい小さい本のこと」

と、袖《そで》からとりだす。

「おもしろいの、読んで」

「大地獄じゃ、小地獄じゃ、も、これにのっているんだよ」

「もっと、ほかの」

「赤い振袖の話をしようか」

「嫌だ」

「それじゃ、こういうのか。

　暗い海は
　無花果《いちじく》の葉蔭に鳴る、
　蒼白《あをざ》めた夜は
　無限の石階《せきかい》をさしのぞく」

「うん、そういうの」

「ませた子だよ。

　一の寡婦《くわふ》は盲《めし》ひ

二の寡婦《くわふ》は悲み
三の寡婦《くわふ》は黄金《きん》の洋燈《らんぷ》を持つ、
…………
—妾《わらは》は未だ何者をも見ず
—妾《わらは》は未だ何者をも聴かず
—妾《わらは》は漸く総てに疲れたり」

「登れども、登れども」と、本を閉じ、桔梗はそらんじた。

「市府の灯《ひ》を見ず、
登れども、登れども、真珠の雨は来《きた》らず、
登れども、登れども、空は血に染まず」

「どうやって、のぼったの」

「え？」

「綱。こんなになっていたでしょう」

手で急傾斜をしめしたが、相手は、なんのことかわからないようすだ。

ここなら、だれも立ち聞きするものはいない。初江に聞けなかったことを、本人にじかにたしかめられる。背伸びして、ささやこうとすると、桔梗は身をかがめてくれた。

「招魂社で、綱渡りしていたでしょう」

「わたしが?」

けげんそうに、桔梗は問い返した。

「ちがうの……?」

彼の少し哀しそうな顔に目を投げ、

「わたしだったかもしれないねえ」

相手は言った。

「綱渡りを見たのかい」

「だれにも、絶対、内緒」

「ああ、わかってるよ。内緒」

「ききょうだゆうさん?」

「名前はね、人がつけるものだから、どうだっていいのだよ。呼びたければ、その名前でお呼び」

「それしゃって、軽業のこと?」

彼が訊くと、桔梗は小さく笑った。

「そう、わたしを呼んでいるのかい、ご連中。芸者も、女郎も、妾も、博奕《ばくち》打ちも、みんな、それしゃと呼ばれるよ。ああいう連中からはね」

そう言って、

「ほら、大地獄だ」

鶏頭の花をちぎり、母屋に投げつけた。

「大地獄だ、小地獄だ」

彼もはしゃいで、それにならった。

「大火事だ」

鶏頭は茎ばかりになり、醜い分厚い花首が、縁側に散乱した。

「やっぱり、違うんだな」

花をむしりつくし、少し醒《さ》めて、周也はつぶやいた。

「綱渡りの人じゃないんだね」

「人のからだは、一つじゃないんだよ」

桔梗はそう言った。

「小屋で綱渡りをしている桔梗太夫というのも、わたしだよ。ここにいるのも、わたしだよ」

「そんなら、ぼくも、何人もいるの」

「もちろんだよ。わたしと一緒に、鳴き地蔵の野原で遊んでいる周ちゃんも、いるだ

「行きたいな、そこ」

「行くかい、いっしょに」

周也はうなずいた。

ほんとは、もっと別のところ、明るくて、しかも教会みたいにしらじらしくなくて、こころから安心できるあたたかいところがいいなと思ったが、うまく説明できなかった。

　桔梗が行こうというのだから、そこでいいや。

「少し痛いけれど、がまんおしよ」

「うん」

　桔梗は簪《かんざし》をぬいて、鋭い脚の先で、周也の手首を切った。

「痛かないや」

「強いね、周ちゃんは」

　桔梗は自分の手首も簪の脚で切った。

「ほら」

　腕をのばし、血の雫《しずく》が地に落ちると、小さい地蔵がそこに生えた。

「み、みィ」と、地蔵は嬉《うれ》しそうに鳴いた。

ふたりは寄り添って、血の雫を蒔《ま》きながら歩いた。

あたり一面、芒《すすき》の原。

「おあつらえむきに、お月さまじゃないか」

真昼のはずが、空は冥《くら》く、巨大な月があたりを銀色に変えた。

血の雫のこぼれたあとに、身の丈五寸ほどの小さい地蔵が、百か、二百か。数をふやす。みィ、みィ。鳴きかわす。

「喜んでるね」

「痛いかい」

「痛かないけど、だるくなった」

「血が減るとだるいのだよ。膝《ひざ》を貸してあげよう」

芒の原に桔梗は横坐《よこずわ》りになり、その膝に頭をのせると、みィみィ、豆つぶのような地蔵たちの声が楽しげで、月の光が明るくて、血のかわりに、銀色の光がからだの中を流れて、暖かくて安らかで、ああ、ここにきたかったんだと、周也は思い、目をつぶった。

＊引用の詩・童謡は、西條八十『砂金』より。

花溶け

1

日が暮れると、隣家とのあいだにそびえる泰山木《たいさんぼく》の、昏《くら》く繁る葉のあいだに大輪の花が白く浮きだす。

ただよう香りも、昼より、こころなしかあざやかだ。

両手にあまるほどの巨大な花だが、一枝に一輪しか咲かないこの花が開くと、佳耶《かや》は、高貴なそして壮麗な神秘を、ひそかにのぞき視《み》るように感じる。

白、といっても、輝くばかりの華々しい白ではない。翳《かげ》が色をもてばこのようにならざるを得ない。そういう白だ。きらびやかに人目にたつことなど、念頭にない花だ。

唯一神が、自分の姿を人に似せるのではなく、花として顕現するなら、この花のほかにはない。そう佳耶は感じる。清楚《せいそ》を象徴する白百合《しらゆり》でさえ、この花にくらべれば俗であり、騒々しすぎる。

ゆるやかに開花し、開ききると、厚い花弁は蘂《しべ》をはなれて、優雅に地に落ちる。

られないのだ。
泰山木が、この家と隣家、どちらの地所のものなのか、佳耶は知らない。二階の窓から見下ろしても、植え込みにさえぎられ、幹と根が塀のどちら側にあるのか見極められないのだ。

去年の秋、煩瑣《はんさ》な結婚式や親類への挨拶《あいさつ》まわりを終え、ようやくこの部屋に落ち着いたとき、佳耶はからだの血がなくなったようなだるさに耐えられず、畳に突っ伏してしまった。高熱をだしていた。床についたまま日が過ぎた。夫とさだめられた相手と新枕もかわさず、年があらたまり、高熱はひいたが微熱がとれず、春が過ぎ、夏をむかえたのだった。手水場《ちょうずば》が二階にあるので、階下に下りなくても用は足り、食事は三度三度、女中が上げ下げする。

夫は産科の開業医であり、母屋と同じ敷地のなかに入院の設備もある診療所を開いている。和風の造りで、畳敷きの和室が五間ほど、産婦の病室にあてられている。

母屋の階下には夫の母が住み、家計と家事をとりしきり、使用人も十分にいて、佳耶が寝ついていても、何のさわりもなく日々は過ぎていた。

佳耶の病間であるこの部屋と襖《ふすま》ひとつで仕切られた隣室は、夫の妹毬子《まりこ》が使っている。夫の寝所は階下の座敷である。

深夜でも、出産や往診で、しばしば夫は起きなくてはならない。部屋を別にしたのは、佳耶が落ち着いて養生できるようにという配慮からだと夫もその母も言う。

一日の診療が終わり母屋にもどっても、夫はすぐに二階にあがってはこず、階下で母親、妹とともに夕食をとり、顔をみせるのはその後であった。ほとんど話もかわさず――かわすような話題もなく――下りていく。勤め人なら土曜は半ドン、日曜は休みだが、出産は土曜も日曜も、盆正月も関係ないと、夫は佳耶のそばでくつろぐことはなかった。

夫と顔をあわせる時間が少ないのは、佳耶にはむしろ都合がよかった。母が家を出、父が死んだあと、姉の嫁ぎ先に、気兼ねしながら居候していた。女学校の学資も義兄に出してもらっていたから、その上の専門学校にかよいたいとはとても切り出せず、去年――最高学年の五年になった年の夏休み――仲人《なこうど》を商売にしているものから縁談をもちこまれ、姉が娘のころに着たという晴着をまとわされ、見合いとはいっても品定めをするのは相手のほう、佳耶の望みなどだれも聞きはしない、その秋に、卒業もせずに嫁がされたのであった。

夫はすでに三十に近く、十七の佳耶と共通の話題などありようもない。毬子は女子医専の学生で、夫の妹といっても年は佳耶に二つまさる。医専が夏休みになって、毬子は佳耶とすごす時間が長くなった。

あなたをみていると、いらいらするわ。時折、毬子はとがった声を投げる。理由のわからない微熱、気にならないの？

結核じゃないみたいだから、別にいいわ。

佳耶はおとなしく言う。伝染性の病気であれば、隔離されるはずだ。毬子とつきあうのを禁じられないのは、病菌をもっていないからだろう。そう佳耶は思っている。

佳耶の耳に、かすかなヴァイオリンの音が聴こえた。かさなりあった、革のように厚手な光沢のある葉の間を縫い、花のにおいをまとって、流れ入る。

別のにおいが、花の香りをさまたげる。

出窓に腰をおろし桟にもたれた毬子の指先からただよう消毒薬のにおいだ。女子医専にかよう毬子は、しばしば薬品のにおいを身につけている。いまは夏休みだが、毬子は佳耶の夫の手伝いをしているから、においは消えるときがない。

「きっと、あなた、ぐうたら病なのよ」毬子の言葉が耳をうった。

その前から何か喋《しゃべ》っていたようなのだが、花とヴァイオリンに心をうばわれ、耳をすどおりしていた。

「ねえ、ご自分でそうお思いにならなくて？」

毬子は、年下の嫂《あによめ》に、丁重に敬語をつかったり、目下に対する言葉づかいになったりする。ことさら丁寧に言うときは、皮肉や冷笑をふくんでいた。

「どこも悪くないのに、熱だけひかないんでしょう。つまり、お兄さまとの結婚生活、夫婦生活がお嫌なのよ」

露骨な言葉に、佳耶は困惑する。

「そうでしょ。ご自分でもそうお思いになるんじゃなくって」

わからないわ。佳耶は答えたが、声にはならない。

「もう少し、ご自分の考えというものをお持ちあそばせよ。あなたって、いったい、何を考えていらっしゃるのかしら」

「花が……」佳耶はつぶやいた。

「え?」

「ロマノフ王朝の落魄《らくはく》のよう」

咲ききって、壮麗に凋落《ちょうらく》する花びらに目を吸われる。

「ご存じだったの、お隣。だれからお聞きになって」

毬子の口調は詰問するようにきつい。

「お隣って、何のことでしょう」

「あのヴァイオリン。バラさんだわ、きっと」

「バラさんて、どなた」

佳耶がなにも知らないとわかって、毬子は優越感をとりもどした。

「白系の露西亜《ロシア》人が、お隣に越してみえたのよ」

「白系露西亜人って、ほかの露西亜人とどうちがうんですの」

「あなた、露西亜の事情にうといのねえ。露西亜とかぎらないわ。無知なことといったら、まるで赤ちゃんみたいな方ね」

露西亜に革命がおきて、ロマノフ王朝がたおれたという知識は佳耶にもある。だからこそ、巨輪の落花に王朝の滅亡を思い重ねた。

「お隣の息子さん、アカって噂があるの」

毬子の説明は飛躍した。

「それなのに、露西亜人を下宿させたりして、ますます特高ににらまれているわ。白系露人を居候させているのだから、アカではない、って証明にするつもりなのね、きっと。バラさんが白系だっていうことを、証拠をみせて納得させたんですって」

アカの意味も、佳耶は正確には知らない。なにか伝染性のある恐ろしい思想というような、あやふやな知識しかなく、それ以上正しく知る必要も、佳耶にはなかった。

ヴァイオリンの音色がせつなくて、佳耶は瞼《まぶた》がぬれる。

「白系露人というのは、十月革命で政権を奪ったボリシェヴィキに反対して亡命した露西亜人のことをいうの。おわかりになった？」

亡命。それがどういうものか、やはりくわしい知識はない。国を捨てて逃げなくてはならなかった人。地上に居場所のない人。佳耶に想像がつくのはそれくらいであり、それだけで十分に悲哀を共感できた。

「白系っていっているけれど、もしかしたら、アカの間諜《かんちょう》かもしれないのよ」

ものものしく、毬子は言う。

「どんな方なのかしら、バラさんて」

写真で見たことのあるロマノフ王朝の貴族のだれかれを思い浮かべてみる。

「ニコライ二世と似ていて？」

処刑されたという皇帝は、頬のそげた、気の弱そうな男性だった。

「嫌だ、女の人よ、バラさんは。あなた、男の人を想像なさったの。嫌あねえ」

声にふくまれた冷笑には、気づかないふりをして、

「お会いになったの？」

とたずねる。

「うちに、診察に見えたのよ。一週間ほど前だったわ」

佳耶はそれ以上の質問をやめる。

「結婚してはいらっしゃらないのよ、バラさんは。あなた、お知りになりたいんでしょ、事情を。あっさりお訊《き》きになったらどうなの。なぜ、結婚していない女の人が、うちにみえたのか、って。あなた、訊けないわね。未婚の女の人がうちにくるって、どういうことか、あなたはご存じですものね」

「バラという名前なの？　花の薔薇《ばら》？　露西亜人にも、ローズとかローザとかいう名前があるの？」

「ヴァレンシアというの。言いにくいでしょうからバラさんと呼んでくださいって、ご本人がおっしゃったのよ」

佳耶はヴァイオリンの音にこころをあずける。出窓においた両手の甲に額をのせ目を閉じていると、未知の亡命者の顔が視えてくる。

まわりに透明な防壁を築き、「あなたと同じよ」という毬子の声の浸透をはばむ。

「だけど、バラさんは、かくそうとはなさらなかったわ。兄に全部打ち明けたのよ。そして、適切な処置をしてくださいっておっしゃったの。わたしもいるところでよ。看護婦では口止めが厄介だから、秘密の処置のときは、わたしが手伝うの。ほんとは、あなたが助手の役をつとめられればよかったんだわ。兄はあなたに期待をかけたのよ。でも、あなたは、だめね。こわれてしまったんですもの。あなたって、何のために生きているのかしらと、わたし、不思議になるわ。自分だけが特別不幸なように思い込んで、何もしないで他人の世話になって、ありがたいとも思わない方なのよね」

毬子の言葉は意味のない声になって、佳耶の防壁を打ち叩《たた》く。

「兄は、あなたのような不運な人たちのために、法律にそむく危険をおかして、手助けしてきたのよ。ほんとうに、警察に知られたら入獄しなくてはならないのよ。あなたも同罪よ。本来なら、あなたは今頃、牢屋《ろうや》のなかなんだわ。兄が口をすべらせていたらね。兄はあなたの秘密を守り抜いてきたわ。もちろん、知らなかったわよ、お見合いの話があったときは。あなた、十二だったんですってね。あのとき。五年たっていても、兄は一目でわかりましたって。あなたは、いつわかったの。処置をしてくれた恩人だって。ねえ、なにかおっしゃいな。あなたが押し黙っていると、わたし、いらいらしてよ。あなたの秘密を知っているのは、この家では、兄とわたしだけなんですから。奉公人はだれも知らないわ。兄もわたしも、一言だってもらしはしないわ。お見合いをして、兄はあなたをたいそう気に入ったのよ。まして、あなたの恩人なんですものね。ええ、この医院じゃなかった。兄がまだ医局にいたとき、医院をひらいている先輩に頼まれて、その方が留守をするあいだ、三日ほど医院をあずかったのよ。そこに、あなたが」

佳耶がとっくに承知している事情を、毬子は耳元で繰り返す。

「もう、あなた、立ち直るべきなのよ。昔のことでしょう。あなたは、つまり、甘えているの。すねているの。ひどい目にあったのだからって、ご自分を特別なもののように思って。それほど珍しいことじゃないのよ」

丁寧すぎる敬語を使うことも忘れ、毬子は酔ったようにしゃべりまくる。佳耶を沈黙の淵《ふち》からひきずりあげ救助するのが自分の役目と自負しているのだろうか……。そう佳耶は思う。

「バラさんをごらんなさいな。大変な目にあったのよ。それなのに、あなたのように気がふれもしないで、雄々しく生きているじゃありませんか。あなたも、行動すべきなのよ」

「若奥さま、毬子さま、ちょっとおどきになってくださいまし。雨戸を閉めますから」

女中の声が、音楽を消す。階段をあがってきた足音に、佳耶は気がつかなかった。戸袋から力まかせに雨戸を引き出そうとするのを、

「開けたままにしておいて」

さえぎると、女中は驚いた目を佳耶に向け、若奥さまは口がきけないのかと思っていた……と、小声ではあるけれど、きこえよがしに言う。

そう言われてみて、ほとんど話をかわしたことがなかったと思った。食事を運んできても、会釈するだけで、ありがとう、お世話さま、のねぎらいを声に出していなかった。

相手の挙止の荒々しさ、言葉つきのきつさに、なめらかな会話がなりたつとは思えず、おし黙っていたのだった。

「あとでわたしが閉めます」

声はしっかり出ただろうか。相手の耳にとどいただろうか。こころもとない。いつごろからだろうか、言葉をめったに声にしなくなっていた。父が死んだときからだろうか。思い返すまいと、記憶の底に閉じ込めてきた情景が、ふいにまざまざとよみがえる。

母が家を出たのは、姉が嫁いだ直後だった。大変な醜聞となったそうだ。お母様、どこに行ったの。佳耶の問いに、知らないわ、姉は言い、前々から父と母は不仲だったのだと、九つ年下の妹に、重大な秘密を告げるように教えた。それでも、わたしの結婚にさしつかえるから、お母様は辛抱していらっしゃったのよ。辛抱って、何を? お父さまのお酒。父に度を越えた飲酒癖があることを、佳耶は気づかなかった。あぐらをかいた膝《ひざ》に佳耶をのせ、晩酌の盃《さかずき》を佳耶のくちびるに近づけ、母がきびしく止めることは何度かあった。一口、なめさせるだけだ。父はおどけた笑顔を佳耶にむけ、ちょっとだけだよなあ、ちょっとだけ、と言うのだった。深夜、泥酔して帰ることが多かったというのだが、佳耶はそのころは眠っているので、実情は知らなかった。

姉も母もいなくなったので、住み込みのねえやをやとった。朝の六時ごろだったろうか、旦那様《だんな》！ と叫ぶねえやの切迫した声に、佳耶は寝巻のままで玄関にいってみた。引き戸が開け放されたままで、烈風が家のなかに吹き入り、身をすくめた。三和土《たたき》に、からだを丸めて倒れている父を、ねえやはひきずりあげようとしていた。

冷たいんですよ、と、ねえやは怒ったような声を佳耶に投げた。どうしましょう。子供じゃ相談相手にならないわねえ。嫌だわ。困っちまう。＊＊町に、とねえやは姉の嫁ぎ先の町名をあげ、電報をうってきますから、お嬢ちゃま、ここにいてくださいよ。でも、わたし、学校が……。学校どころじゃないんです。戸を閉めもせず、ねえやは飛び出していった。

からだの中を氷の柱が貫くような寒さに、佳耶は父のからだの横に寄り添ってちぢこまり、ねえやの帰りを待った。

からだというものが、命を失うと、からっぽの〈物〉になってしまうことを、佳耶は知った。弱々しくて奇妙にねじくれた物体であった。酒のにおいが鼻をついた。からだは死んでも酒は体内で生きているような気が、佳耶は、した。

お父さまは、職工たちと、しょっちゅう、飲まなくてはならなかったのよ。通夜のときだったろうか、姉が周囲に抗議するように言っていたのを思い出す。父が鉄鋼関係の会社で労務管理を担当していたということも、後になって佳耶は知った。会社と職工のあいだにたって、大変だったのよ。いっしょに飲んで、むこうの苦情を聞いてやらなくてはならなかったのよ。このごろ、職工たちもアカに染まって、すぐストライキだなんだって騒ぐんでしょう。

自分のうちの玄関で凍死するなんてねえ。通夜につらなっただれかが言い、ねえやがヒステリックな泣き声をあげ、荷物をまとめて出ていこうとした。わたしが殺したみたいなことをおっしゃるんですもの、とふてくされ、だれもそんなこと、思いもしませんよ、と姉夫婦はしきりになだめたが、数日後にひまをとった。佳耶は姉のところにひきとられたのだった。

お父さまが玄関を開ける音や倒れた音に、気がつかなかったの。姉は、何度か佳耶をなじった。すぐに暖かい蒲団《ふとん》に寝かせれば、いくら前後不覚に酔っていたからって、凍死なんてことにはならなかったのよ。いつもめざといくせに、こういうときに、まるで役に立たないんだから。

わたしがいたら、お父さまを死なせたりはしなかったのに。あんたのせいよ。あんたが悪い。

人はだれでも、ああいうふうに死ぬのだと、佳耶は思った。からっぽになって、くにゃりとねじ曲がって、威厳も頼もしさも失《う》せて、赤ん坊みたいな形になって。

ほとんど口をきかない佳耶を、姉の夫はなぐさめた。姉のいないところで。佳耶ちゃんには何にも責任はない。義兄の手は佳耶の髪を撫《な》で、首筋を撫でた。

2

「仕事のきりがつかないと、きよやが困るのよ。佳耶さん、どいておやりなさいよ」

毬子の声に、義兄の手は消えた。

「きよや、閉めて」

毬子は腰掛けていた出窓からおりた。

頬杖《ほおづえ》を、佳耶はついたままだ。

「ちょっと、肘《ひじ》を」

おどけになってくださいまし、ときよは言ったが、語気は、邪魔だよ、というのに似た。

「わたしが後でやるわ」

佳耶は、同じ言葉を繰り返す。

——やはり、わたしの声はきよにはとどかなかったのだろうか……と思いながら。

いくらか楽に声がでるのは、毬子の言葉に応じるときだけだ。思い返してみれば、夫とも、三言と語らいあったことはない。

「旦那様に、わたしが叱られてしまいます。若奥様のお手をわずらわせたりしたら」

「そうだ、佳耶さんにやっていただいたらいいんだわ」

毬子は前言をひるがえした。

「でも……」

「この人、行動したほうがいいのよ。自分の不幸のなかに心地よくうずくまって、指一本動かさないんですもの。雨戸を自分で閉めるっておっしゃるなんて、珍しいわ。やりたいようにやらせなさいよ」

「ほんとうに、よろしいんでございますか。雨戸はささくれていますから、指に刺《とげ》でもささると……」

「刺がささったら、ご自分で抜けばいいのよ。小さい子供じゃないんだから。その前に、刺をさしたりしないように気をつけることだって、できなかったらおかしいわ。こんなぐにゃぐにゃした、意思を持たない人形のような人の、どこがお兄様はいいんだか。ほんとうなら、離縁されたって文句は言えないところよ。ねえ、佳耶さん。あなただって、そうお思いになるでしょ。結婚というものは、それぞれの自由な意思をもった男女の結びつきなのよ。人形は、持主の意思で捨てられても、文句は言わないわ。ああ、じれったい方ね。反論なさいよ」

「放っておいてください」

「あら、人形が口をきいた。放っておいてくださいというのが、あなたの意思？　放っておけばどうなるの。一晩中、朝まで、ぼうっと出窓にもたれているの？　確固とした意思表示。そして、行動。女性だってね、佳耶さん、医師にだって学者にだってなれるのよ。リベラリストなら、そうするわ。アカとまちがえないでね。労働者のストライキの権利なんて、わたしは認めないわ。リベラリズムは、義務の放棄とはちがうのよ。看護婦が、権利だなんだって言いだして、職務を放棄したら、患者の人命にかかわるわ。奉公人には奉公人の分というものが」

後のほうは、女中に聞かせているのだろうが、きよはとうに階下に去っていた。

「あなたって、ほんとに、お人形のようね。見た目も」

毬子は指で佳耶の頰を撫で、目のふちをなぞる。

3

夢と現実をとりちがえるほど愚かではない。そう佳耶は夢のなかで思う。

花の香りのみちる部屋でヴァイオリンを奏でるヴァレンシアは、大柄で気品高く、物腰は優雅でおっとりとしている。

黴《かび》のにおいがかすかにする緞子《どんす》張りのソファに、佳耶は腰掛けている。

「宝石を服の裏に縫い込んで逃げました。でも、そのときの話はやめましょう。華やかな話をしましょう」

そう言いながら弓を動かすヴァレンシアの手首はしなやかだ。

いいえ。佳耶は言う。

「辛《つら》かった話のほうがお好き？」

いいえ。

「怖いお話？」

ええ。それを。

「本当の？　嘘の？」

どちらでも、同じことですわ。

「わたくしね、家庭教師に恋をしました」

それが、怖いお話ですの？

「お聞きになる？」

ええ。恋は、きっと、怖いお話ね。

「運河沿いの、家庭教師のアパートに、こっそり馬車を走らせたの。御者にはたくさんお金をわたして」

夢と現実をとりちがえてはいない。これは、夢のなか。そう、佳耶は思いながら、家庭教師は、男の方？　女の方？　とたずねる。

「男性でしてよ。お気に召さなくて？」

——あなたのような、女の方のほうがいいわ、そう佳耶は思う。

「わたくしと彼は、仏蘭西《フランス》語で話しました。貴族はみな母国語より仏蘭西語のほうが流暢《りゅうちょう》なくらいなの。彼は貴族でも上流階級の出身でもなかったから、教師でありながら、仏蘭西語はわたくしよりたどたどしかったわ。でも、恋しあうのに、文法はいりませんものね」

銀色のサモワールが湯気をたてる。

「彼のアパートは、正教管区監督局の建物と肉屋通りのあいだにある、古びた三階建ての、地下の部屋でした」

——正教管区監督局などという名称を、わたしはどうして知っているのかしら。

「低い丸天井。壁には深い壁龕《へきがん》が一つうがたれ、その中に木の棚が何段もあり、火酒《ウオツカ》の罎《びん》や食器がならんでいました。

天井からは鉄の鉤《かぎ》——それも太くて錆《さび》だらけの——がさがり、壁には、鉄の輪がとりつけてありました。これも錆《さ》びていましたわ。

わたくしは、すぐにわかりました。

小さかったころ、信心深かった母に、尼僧院に何度か連れていかれたことがあります。わたくしの曾祖母《そうそぼ》が寄進して造らせた尼僧院でした。母はわたくしを修道女にしたかったのかもしれません。その地下室は、異端審判にも使われた拷問部屋でした。壁にうがたれた龕《がん》は、牢獄《ろうごく》に使われていました。幽閉されているのは、農奴を百人あまりも虐殺したという女地主でした。鉄の扉は漆喰《しっくい》で塗りこめられ、小さい窓がひとつ開いているだけでした。窓の鉄格子のあいだから女の顔が見えました。女はわたくしと母を見ると、いつも唾《つば》を吐きかけるのでした。それでも、母は、行くたびに、わたくしに地下の拷問室と狭い牢獄に立ったまま閉じ込められた女を見せるのでした。龕の高さといったら、人がようやく立っていられるくらい。高さは今のわたくしの背丈より低かったわ。幅もこのくらい」

ヴァレンシアが手で示した寸法は、二尺もない。

「わたくしの恋人のアパートは、尼僧院の地下とよく似ていました。そこも拷問室、牢獄として使われていた時期があったのね。でも、そこがかつて何であったにせよ、恋をかわす妨げにはなりませんでした。

彼は逮捕されました。わたくしから引き離すためもあったのでしょうね。西比利亜《シベリア》に送られました。その後、わたくしは、彼がいないとわかってはいましたけれど、アパートを訪れました。職人が中を改装している最中でした。戸棚がとりこわされ、空の龕がむきだしになっていました。そして、そのためにわかったことなのですけれど、奥の壁は、鉄の扉になっていました。職人が扉の錆を落としこじ開けようとしているところにわたくしはいきあわせたのです。扉のむこうは、同じくらいの狭さのくぼみでした。職人たちが力まかせに扉をこわしたら、白骨がくずれ落ちてきました。やはり獄に使われていたのね」

恋の相手の方はどうなったのですか。

「革命のおかげで西比利亜《シベリア》から莫斯科《モスクワ》に帰ってきました。赤軍にくわわって、わたくしを殺しにきましたわ」

ヴァイオリンの音がヴァレンシアの声にかさなる。

どうやって、殺したのでしょう。拳銃《けんじゅう》？　剣？

「どちらがお好み」

抱きしめられて、抱き殺されるのが、一番楽しくないかしら。心の底から好きな相手であったなら。

あなたに抱き殺してほしい。そう、佳耶は思う。

ヴァレンシアはヴァイオリンと弓をかたわらのテーブルに置き、ソファにならんで腰をおろすと、片手を佳耶の肩に置き、抱き寄せる。もう一方の手が、髪を撫《な》でる。

花の香りと死臭を佳耶は感じる。

「あなたは、何か話してくださらないの」

わたしの話は、一言か二言で終わってしまいます。

夫は妾宅《しょうたく》を持っているなんて、口にしたくもないつまらない話ですし。五年前、わたしを診察したとき、夫がわたしにしたことは、ただの診察ではなかったということも、二重壁の二つの獄のお話とはくらべようもないありふれたことだし。

「ここにいるかぎり、あなたは、つまらないことは思い出さなくていいのよ」

大輪の花びらが包み込むように、ヴァレンシアは佳耶にくちづけする。

夢は、醒《さ》めなくてはいけない、と佳耶は思う。

窓の外に、泰山木がそびえ、その葉叢《はむら》のむこうに、夫の家の二階の窓がある。

出窓に毬子が腰をおろし、その背後に佳耶がいる。

行動なさい。毬子が言う。

佳耶が行動するのを、ヴァレンシアと佳耶は眺める。

毬子は石のように墜《お》ちる。

泰山木の大輪がゆるやかに開花し、夜の空に溶けていく。

「お茶にいたしましょうね」

ヴァレンシアが、サモワールの湯をポットに注ぐ。

玉虫抄

1

「ひきちぎった袖《そで》をくわえて、宙にとびましたって。千ィちゃま、じっとしておいでなさいましよ。動くと、お耳を切ってしまいます」

剃刀《かみそり》のひやりとした感触が首筋をなでる。二階の縁側に新聞紙を敷いた上に腰をおろし、手すりの縦桟のあいだから両脚をだしてぶらぶらさせている。両手は桟をつかんでいる。母が見たら、上野動物園の猿のようだと、顔をしかめるだろう。

バーバー・マルセルという床屋の理髪師は、鋏《はさみ》を使いながら子供の客には西洋の童話を話してくれると、だれから聞いたのだったか。ねえやが喋《しゃべ》っていたのだろうか。ばあやの話は古くさい化け猫譚《たん》なので、身を入れて聞く気にならず、庭に目をあずける。

ロの字型につらなる建物に四囲をかこまれた中庭は、大部分が池で、高床の下まで、水はひろがっている。

うねうねと曲線を描く池の縁《へり》と建物のあいだや浮島に、土も見えぬほどさまざまな庭木が植え込まれ、梅雨のあいだに、枝々はうっとうしく葉を繁らせ、庭中が蒸れかえっている。

二つ折りの梯子《はしご》のてっぺんに、庭師がまたがり、地下足袋《じかたび》の指先が段を踏みしめ、腰を少し浮かせて弓なりに背をそらせ、辛夷《こぶし》の枝を伐りつめている。

「植木屋さん、いつもの人とちがう」

千鶴が顔を知っている庭師は、小柄な老爺《ろうや》で、弟子を二、三人つれてくる。始終出入りして、庭木を手入れしている。

「新顔なんですよ。植柾《うえまさ》の親方のところに、何年か前に弟子入りしたそうで、こっちのお屋敷には初めてです」

辛夷とならんで、桜が枝をのばしている。花の時期は、辛夷の白と桜の仄《ほの》かな紅が、空に象嵌《ぞうがん》され、水底に映る。いまは、どちらも葉ばかりだ。

二本の大樹が立つのは、南の棟と東の棟が角をつくるあたりで、そのかたわらに、畳三枚ぶんほどの縁台が張出している。

毎年、花見の宴がおこなわれる。十数人いる内弟子も、ばあやもねえやも、接待におおわらわで、千鶴は、なにも手伝わなくていいから、世話をやかせないようにと命じられ、ひとりで本を読んだり人形と遊んだりする。

南の棟と東の棟は、舞踊家である母が仕事にもちいている。南の棟の、稽古《けいこ》舞台のある座敷は、あいだの襖《ふすま》をとりはらえば百畳ほどになる。内弟子は東の棟に住み込んでいる。

北棟が、母の日常の住まいで、この広大な邸宅の持主であるパトロンが訪れたとき、くつろぐ場でもある。

西の棟の二階が千鶴の部屋にあてられている。階下は、奉公人たちの働く場であり、その人々の寝所もある。

南と東には、千鶴は足を踏み入れたことはほとんどない。正月の稽古始めだの、内輪の温習会だので南の棟がにぎわうときも、千鶴は顔をださない。小さい子は邪魔になるからと、禁じられている。

もっと幼い、千鶴の記憶にはない、二つ三つのころ、早いうちからなじませようと、稽古場でばあやが抱いていたら、泣きわめき、あばれ、手こずらせた。母は、この子は踊りには向かないと、結論づけた。真の天才なら、三味線や長唄《ながうた》にあわせ、踊る身振りぐらいするだろう。天才のほかは、いらない。凡庸な子は凡庸に育てばいい。母の妨げはするな。母はそう思ったらしい。

ばあやから、そのことは時折聞かされる。ねえやたちと話している言葉も耳に入る。

「天才でなくて、かえってよかったかもしれないよ」ねえやのひとりが言う。

ねえやは何人もいて、しじゅう顔ぶれがかわるから、千鶴は、名前と顔をおぼえても、すぐに忘れる。新しいねえやがくるたびに、ばあやは、千鶴が邦舞の新興流派の家元である母親に愛想をつかされていることを語って聞かせる。

「お師匠さんに見込まれたら、稽古、稽古で、こんな小さい子、すりきれてしまう」

南の棟から三味線の音が風にのって中庭をよぎり、西の棟の千鶴の耳にもとどく。千鶴は、夏でもガラス戸をしめてしまう。

「この子、よほど、嫌いなんだね。邦楽」新参のねえやが言う。「ここではかまわないけどね、お師匠さんの前で、この子なんて言ってはだめだよ」ばあやがたしなめる。

「いくら、放ったらかしにしているといったって、お師匠さんのお嬢様なんだからね」

ねえやたちは、母の前では千ィちゃま、と立て、母の目のないところでは、邪魔あつかいをする。

北の棟は、ふだんは禁断の場所ではないが、パトロンがきているときは、姿をみせてはいけないことになっている。パトロンが、子供嫌いなのだそうだ。

パトロンという言葉の意味を、千鶴は知らない。

千鶴の部屋に当てられている西の棟の二階の六畳間は、境は襖と障子だけなので、あけっぴろげも同然だ。縁側に腹這《はらば》いになって絵を描いていると、ねえやだのばあやだのが、通りすがりに、何を描いているのですか、とのぞいたり声をかけたりするので、うるさくてならない。納戸のほうが、人の目がなくて落ち着ける。

「そうして、くるりと宙返りして、屋根の上に立ちましたって。千ィちゃま、動いちゃいけません。じっとして、お聞きなさいましよ」

首のまわりに巻きつけた手《て》拭《ぬぐ》いの隙間から、砂粒のような髪の切片がはいりこんで、肌を刺す。短くしないでと言ったのに、ばあやは耳の下あたりでざっくり切ってしまった。そしておかっぱの下からはみだす襟足を剃刀で剃《そ》る。

「屋根から屋根へ飛びますとね、振袖はひらひらなびいて、千ィちゃま、じっとしていてくださいよ」

印半纏《しるしばんてん》を脱ぎ捨て、庭師の上半身は薄手のシャツ一枚だ。したたるほどに汗をふくんでいる。

「はい、よござんす」

ばあやは手鏡を千鶴にわたした。朱塗りの枠にふちどられた中に、せっかく肩までのびた髪を、短く断ち切られたおかっぱ頭があった。

「毛が散らないよう、そっと立ってくださいましよ」

新聞紙の両端をあわせて、こまかく散った髪を、ばあやは中に寄せ集める。

吹き入る風が首筋に涼しい。

そこにいては邪魔だといわんばかりに、ばあやが縁側の掃除をはじめたので、千鶴は階段を降りた。その背に「みよやに、勝《かつ》さんにお茶をだすようにって、おっしゃってくださいまし」ばあやが声を投げた。

「とうに、お茶の時間なのに、みよやときたら、なにをしているんだか」

「勝さんてだれ？」

「植木屋ですよ」

台所の床は、夏でもひやりとする。大きな石をおいた漬物樽《だる》から、においがながれる。西の棟の一階には、広い台所、風呂《ふろ》場《ば》、下の手水場《ちょうずば》、それに、奉公人たちや書生の部屋などがある。手水場は、来客用と家人用、奉公人用、三か所にわかれている。

みよや、みよや。呼びながら、千鶴はさがしまわった。家のなかは森閑としていた。中庭と裏庭をつなぐ台所の土間に、千鶴は下駄《げた》をひっかけて下りた。大人物《おとなもの》なので、鼻緒がゆるい。裏庭には釣瓶《つるべ》井戸と物干場がある。少し西にまわった陽が、三叉《みつまた》の先端の金具を赤く光らせる。ねえやたちは洗濯に風呂場の残り湯を使うので、釣瓶井戸は使用されないまま縄が朽ちかけている。

人の踏むところはおのずと道をなし、そのほかは雑草が生い茂っている。

みよや、とつぶやきながら、なにげなく井戸をのぞいたら、緑金の光が目を射た……ような気がした。

すり減った木の縁にからだをもたせかけ、中をのぞきこんだ。水面は遠く、暗い。

水の底から、見上げている眼と、視線があった。自分の顔が映っているのだと思ったが、水のむこうの影は、千鶴とはことなる動きをした。手にもったものを、千鶴に向かって放った。

手のひらの中に、緑金の光を、千鶴は受け止めた。

2

「手のひらで、こうやって、そっと撫《な》でてみな」

手本をしめすように、熟れた桃の表面を撫でてみせるミツの手は、愛撫《あいぶ》の感覚を連想させる。

ミツが立つ桃の樹の下に、釣瓶井戸がある。わたされた桃を洗うために水を汲《く》みあげようとしたら、「そのままで、食べたらいいの」ミツはとめたのだった。

潮風にさらされ、赤茶けた髪の者が多いこの村で、芯《しん》から油が滲《にじ》み出るように黒々と艶《つや》のあるミツの髪は、目につく。肌はほかの漁師の子供たち同様、赤黒く日焼けしている。

村の名を桃郷《とうごう》というのも、昔から桃の樹が多いからで、漁業とともに、村の収入源になっている。なだらかな山裾《やますそ》とおだやかな遠浅の海にはさまれた、漁村であった。

「ぶきっちょだな」

熟れた桃は、彼の指のあいだでつぶれ、汁をしたたらせる。

そっと撫でまわしてビロードのような細かい毳《けば》をとりさった桃を、ミツは差し出した。

彼の手には、すでに、汁のこぼれるつぶれかけた桃がのっている。

「捨てな」

見はるかすかぎり、たわわに実った桃の樹がつづく。

ミツはつぶれた桃をとり、惜しげもなく地に捨て、もう一つをのせた。

「そのまま、かじったらいいの」

もうひとつもいで、すばやく毳をとり、ミツは皮ごとかぶりつき、ふいと吐き出す。

樹で熟れた桃は甘い汁を十分にふくみ、口のなかで溶ける。

剃ったように毳のない皮は、そのまま食べられるくらいだ。

「美味《うめ》えラ？」

語尾にこのあたりの方言をまぜ、ミツは桃の汁だらけの口もとに、愛らしい笑いを見せた。

白地に青い縞《しま》の木綿のワンピース——といっても、ほとんどまっすぐに裁ったのに、襟ぐりと袖《そで》ぐりだけの、簡単服と呼ばれるやつだけれど、たいがいの子は着物だから、このあたりでは、しゃれたみなりのほうだ。

父親が網元で、広大な桃畠《ももばたけ》の地主でもある。内福なのだろうが、都会からきた目で見れば、いかにも鄙《ひな》びている。

出荷する実は、まだ固いうちに採取するが、自給の分は完熟するまで残してある。足元には、熟れすぎて落ちた桃がいくつもころがり、蟻がむらがっていた。

彼は、出自は東北の農家の三男だった。兄弟はみな、小学校の高等科かせいぜい中学どまりなのに、彼だけ、とびぬけて成績がよかったので、教師の強力な推挽《すいばん》があり、中学を卒業すると上京し、一高を経て、帝国大学医学部にすすんだ。

学資をかせぐために資産家のひとり娘の家庭教師をしたのが縁で、その家の養子にのぞまれた。高利貸しを手始めに、土建業と不動産業にも仕事をひろげ、一代で富豪に成り上がった家である。養子にはいってくれれば、医院開設の資金をだすという条件であった。

娘に惹《ひ》かれるものは何もなかったが、彼は承諾した。結婚生活に、最初から何の期待も持っていなかった。熱愛の結実の結婚が、最初から破綻《はたん》をはらんでいるのは、たがいに相手を過剰に美化するためだ、などと、経験もしないうちから、周囲の夫婦をみてそう思い込んでいる。流行している通俗浪漫派の恋愛至上は、しょせん絵空事の読物にすぎない。

もうひとつ、条件があった。田舎の実家とは、いっさい絶縁しろというのである。経済上の援助を申し込まれる――俗な言葉で言えば、〝たかられる〟ことを、相手は警戒していた。

東京の実業家の入婿となり、医院を経営するというのは、実家からみれば大変な出世だから、婚約が正式にととのう前から、両親も兄弟たちも彼の仕送りをあてにしていたし、学業の成績のいい末の妹は、上京して兄のもとに居候し、東京の女学校から女子大学にすすむと、先走って計画を立てていた。

実家ばかりではない、両親の兄弟、その子供たち、親類じゅうが絡みつこうとする気配を、絶縁の条件を出される前に、彼も感じ取っていた。

血縁の糸は、断ち切れば血を噴き、彼自身の痛みとなる。不人情、薄情、義理知らず。罵倒《ばとう》を覚悟で、彼は条件をのんだ。

結婚式も、つづく披露宴も、彼の親兄弟はひとりも列席しなかった。岳父のほうで許さなかったのである。岳父の知人を仮親とし、その一家が、彼の側の親族としてふるまった。屈辱や自己憐憫《れんびん》をおぼえたら、敗北感は一生ついてまわる。貧農の子が才能を富豪にみとめられ養子となるのも、その際、実家を排除するのも、めったにない特殊なケースというわけではなかった。在学中の生活費は養家が負担し、実家からは何の援助も受けていない。

彼は断ち切ったつもりでも、妹からは恨みつらみをつづった手紙が、何通もとどき、その末尾に母のつたない文字が、不人情を責めていた。父は、こちらから勘当だといってきた。

産んでやった、育ててやったの血のしがらみを、強引におしつけられるのが、うっとうしくわずらわしく、自責の思いも意識の下に根強くあり、断ち切った傷の痛みは、肉の奥で化膿《かのう》したかのように、後をひいた。

医局で数年、徒弟奉公のような無給の助手をつとめ、その後、開業医として独立した。

岳父が得意先などに宣伝し、彼も篤実に診療にあたったから、患者は増え、小さい借家ではじめた診療所はじきに手狭になり、妻の実家の近くに、医院を新築した。岳父が建売用に造った家の一つで、みばはいいが普請は手抜きしてある。

岳父は約束どおり開業資金も移転資金もだしてくれはしたが、贈与ではない、高利のついた貸与であった。毎月、一定額を返済せねばならない。そのために、遮二無二働いた。妻は、父がくれたものと思っており、無意識にではあろうが、恩きせがましさをみせた。

医院が繁盛するぶん多忙をきわめた。自宅診療は午前中だけ、午後は往診、診療開始は九時からとさだめてあっても、八時前から患者はつめかけ、最後の患者が帰るのが二時、三時をすぎ、女中の給仕であわただしい昼食をとり、往診に出る。自家用車と雇いの運転手は、必需品であった。

岳父は一代で成り上がった富豪だから、礼儀作法やしきたりにやかましいことはなく、まして、医療についてはまったく無知なので、口は出さない。血縁を断ち切ったという痛みを無視すれば、悪くない暮らしではあった。

三人にふえた子供の世話をさせるために、女中を三人おいた。住み込みの看護婦も三人おり、女たちのあいだでなにかともめごとはあるようだが、妻にまかせ、彼はいっさい関知しなかった。

海辺か涼しい高原に別荘を建てるぐらいのゆとりはできた。しかし、岳父が反対した。別荘を持っても使用する時はかぎられている、維持費がかかるばかりで不経済だ、必要なとき借りるほうが合理的だというのが岳父の考えであった。

顧客には土地も別荘も売りつける癖にと思ったが、岳父の意見をいれて、夏ごとに、ちがう土地のちがう家を借りることにした。すべて岳父が仕切るので、彼は、ひたすら診療にはげめばよかった。

不相応な贅沢《ぜいたく》をしていると、うしろめたいものがあった。郷里の老父母や兄弟姉妹、その家族たちは、避暑どころではない。

開業医には夏の休暇はない。妻と子供たち、三人の女中は、ひとりが東京に残り、ふたりが、海の家に滞在して家事をまかなう。

彼は、この日曜日、はじめて、桃郷の夏の家を訪れた。

運転手は日曜は休みをとらせているので、早朝、列車に乗った。汐《しお》の匂いのただよう駅前で円タクをひろい、シャツを汗に濡《ぬ》らして昼ごろ着くと、妻も子供たちも女中たちも、昼寝の最中だった。溶けくずれた豆腐のように見えた。

浜から地続きの庭は白砂が土をうっすらとおおい、小蟹《こがに》が足元を這《は》った。

六畳二間と茶の間、台所という造りである。仕切りの襖《ふすま》や障子はすべてとりはらい、海風が吹き抜ける。

熱くやけた縁側に腰をおろすと、その気配を感じたのか、一番年上の子が、薄く目を開いたが、なにも視野にうつらなかったかのように、また寝入った。

奇妙な感覚が、彼をとらえた。タオルの夏掛けを腹のあたりにだらりとかけ、浴衣《ゆかた》の裾《すそ》をひらいて両の脛《すね》をむきだしにした妻も、その両側に、へばりつくように頭をもたせ眠っている子供たちも、見知らぬ赤の他人としか思えない。

居るべきではないところに闖入《ちんにゅう》したよそもの。それが、彼であった。

この女を抱き、孕《はら》ませ、この子供たちを産ませ、そして、彼らの暮らしをたてるために働いてきた。しかし、眠っているのは、見おぼえもない、知らぬものたちであった。

炎天のもたらした錯乱だと、理屈ではわかっていたが、見知らぬ他人という感覚は消えなかった。

妻を抱いた夜々を思い返そうとつとめたが、明確な感覚はよみがえらなかった。眠っている子供たちを見ながら、いとおしさをおぼえないことに、彼は不安を持った。

そういえば、これまでに、子供をかわいくてならぬと感じたことがあっただろうか。最初のときは、自分が父親になるということに、なんだか違和感をおぼえた。多忙の真っ最中で、しみじみ顔をみる暇もなかった。

深夜急患でたたき起こされ、疲れ切って寝入ろうとすると、赤ん坊の夜泣きがはじまる。妻を叱りつけ、妻は乳母をゆり起こし、寝かしつけさせ、みな、不機嫌がたまった。

二番目、三番目と、妊娠を告げられるたびに、ああ、また、養わねばならぬ口がふえる、患家をもっとふやさねばならぬ、と思った。妻も、出産時の痛みやその後のわずらわしさを思っただけで不快になり、よろこぶのは岳父と姑《しゅうとめ》だけであった。

それでも、彼は、子供をかわいく思っているつもりだった。

かわいいはずだ。かわいくあらねばならぬ。妻はいとおしいはずだ。そうあらねばならぬ。しかし、くずれた豆腐のような、見知らぬ女——女とは呼べない。ここにいるのは、いぎたない姿をさらしている生き物だ——そして子供——これもまた、わが子ではない、単なる生き物——に、いとおしさはいっこうにわいてこない。

彼はいくぶんうろたえた。家族への感情をみつめたことが、これまでに、なかった。わずらわしい、うっとうしい荷物。同じことを、実家の親兄弟にたいしても思ったと、彼は苦くみとめた。

たぶん、暑さと疲労のせいだ。昨夜も、往診がかさなり、帰宅したのは十二時に近かった。避暑地まできても、とんぼがえりで夕方には発《た》たねばならない。代診を雇って休暇をとる手もあるのだが、患者は彼を信頼している。休みをとれば、家族の相手をしなくてはならない。自由にひとりの時間を楽しむというわけにはいかないのだった。妻子の相手をするより患者の診療のほうが、性にあっている。

突然襲った奇妙な感覚を、彼はもてあます。

——赤の他人……。

妻はもともと、他人だった。しかし、子供は、彼の血をわけもった存在ではないか。そう思っても、抱きしめたいの、頰ずりしたいのといった感情は、いっこうに起きない。

ふだん、いっしょに過ごす時間がほとんどないせいか、子供たちのほうでも、彼に甘えたりなついたりはしない。顔をあわせるのは朝食のときぐらいなものだ。子供たちの名前が明確に浮かばないことに、彼はうろたえた。妻の名も、とっさに口にのぼらない。

一瞬の空白であった。すぐに、思い出せた。彼は内科医であり、精神障害は専門外だが、家族が他人としか感じられないというのは、正常な感覚ではないと、そのくらいは見当がつく。

単純な暑気あたりだ。少しくつろいで休息すれば、奇妙な感覚は消失するにちがいない。しかし、いま、妻や子供たちがめざめて、お父さまと呼びかけても、彼は、困惑をかくしとおす自信がなかった。

記憶に障害が生じたわけではない。妻であり、子供であると、わかっている。ただ、実感がともなわない。

患者を相手なら、的確な指示をくだせる。言葉につまることはない。だが、この眠る者たちがめざめたら、どんな言葉を口にしたらいいのだ。

子供たちは、健康に日焼けしていた。寝息も健やかで、彼が医師として指示をあたえねばならないような兆候はなにもない。

ながめていると、いとおしさのかわりに、憎しみが芽生えてきそうだ。

眠るものたちの歯が、彼の肉に食い込んでいるような気がした。

彼の肉を喰らい、血をすすり、みちたりて、眠っている。

これまで、一度もそんな感覚をもったことはなかった。考える余裕もない歳月であったのだろう。愛さねばならない、深い愛情を持つのが正常な家長だ。愛情は持っている、と、内心の声が反論する。

いま、なにか危機がおきたら、本能的に猛然と、彼らを護《まも》るだろう。

その一方で、この生き物たちが、消えてしまったら、どれほどのびやかになるか、という思いは、執拗《しつよう》にこころの隅にある。

どちらも、彼の本心にちがいなかった。

凶暴な力がからだに満ちる前に、彼は立ち上がり、歩きだした。

油蟬の声が、暑さをかきたてる。東京より風が涼しいぶんましか。

黒い革靴の下で、砂がきしむ。裸足《はだし》か、せいぜいゴム草履で歩くべき道だ。いつも手ばなさぬ往診鞄《かばん》の重みを意識した。

縁側においてくればよかったか。いや、注射器などがはいっているものを、子供たちにいたずらされては困る。そう思ったときだけ、異様な感覚が薄れた。いたずらする子供は、他人ではない、彼の、子供だ。

診療所と住まいが一つ家なので、ときたま子供が待合室や薬局に入り込むことがあり、そういうとき、彼はきびしく叱りつけた。

〈叱る〉という行為においてのみ、父であり子である関わりが実感できる。

砂におおわれた道の両側は、玉蜀黍《とうもろこし》畑と南瓜《かぼちゃ》畑がひろがり、南瓜の蔓《つる》は道をよこぎり、うねっていた。

足は、網元の家にむかっていた。家を借りているのだから、挨拶《あいさつ》に寄ろう。そのほかに、時間のつぶしようを思いつけなかった。

タクシーでくる途中、運転手から、あれが網元の家ときいていた。このあたりでは珍しい瓦葺《かわらぶ》きの二階家であった。

道はわかったつもりでいたが、途中で迷った。十三、四の男の子と行き合ったので、道をたずねた。少年は、上半身は裸で、褌《ふんどし》一つだ。片手に、紙袋の口をにぎっている。

「ついてきな」と、少年は先に立った。六尺褌が臀《しり》にくいこんでいた。その結び目より少し右にずれたあたりに、小刀《こがたな》をはさんでいる。先端に斜めに幅広く刃をつけた、切り出しとよばれるやつだ。白木の鞘《さや》は手垢《てあか》で薄汚れていた。

網元は、留守だった。前もって一報いれておいたわけではない。突然の訪問である。家をあけていたからといって、非礼はないのだが、彼は少し不機嫌になった。

網元の女房の横柄な態度も、気にさわった。本来なら、夏の家でくつろぎ、女中をむかえにやって、挨拶にこさせてもいいところだ。それを、わざわざこちらから出向いたのだから、さぞ恐縮するだろう、あまり気づかいしないようにと言うつもりだったのだが、アッパッパの胸をだらしなくひろげ、赤ん坊に乳をのませていた相手は、座蒲団《ざぶとん》をすすめるでもなく、悠然と彼の挨拶を受けた。

開業医は、だれにも頭をさげる必要がない。患家を往診すると、患者の家族は、王侯につくすような丁重さで彼に接する。少しの落ち度もないようにと心を配り、熱い湯を満たした洗面器やおしぼりが、黙っていてもととのえられる。生まれついて傲慢《ごうまん》な性《さが》というわけではなかったが、尊大な態度が、知らぬうちに、身についていた。

この村では、網元は最有力者のひとりなのだから、女房もまた、人を顎《あご》でつかうのになれている。東京の医師の権威が、まるで通じないのだと思った。

しかし、相手は、彼を見下しているわけではなく、単に礼儀を知らないだけだったようで、好意はみせ、道案内した少年に、裏の桃畠《ももばたけ》に案内して、もぎたてのをふるまってやれという意味のことを、この地方独特の訛《なま》りのあるアクセントで命じた。

そして、お宅さんに貸した家は、ふだんはこの子供の一家を住まわせているのだと、女房は言った。

少年の父親は、網元の配下の漁師であり、一家は、夏のあいだは、網元の納屋で暮らすのだと、女房は語った。そして、ほかにも、何軒もの持家を、漁師たちに貸しているると、問わず語りに、女房は口にした。

「ミツさん、どこラ？」

「桃畠におるよ」

黙って歩くのも気づまりで、幾つになる、と、少年に聞いた。十三。少年は言った。

「名前は？」

「勝男。勝利の勝に、男」

ちょっと誇らしげに、勝男は告げた。

口の重い子供だが、網元の娘のミツとは、小学校で同級だったこと、卒業して、自分は漁師になるから上の学校へは行かないが、ミツは高等部にすすんだこと、東京に行きたがっていること、などを少しずつ話した。

桃の葉叢《はむら》の陰に、ミツは立っていた。

3

母のパトロンは、奉公人たちから先生と呼ばれている。母も、先生と呼ぶ。駿河台《するがだい》のほうの、大きい病院の院長で、大変な資産家だという。

ばあやだの、ねえやだの、まわりの大人の言葉の断片は、無数に、千鶴の耳に入る。それらをひとつに統合して理解することは、千鶴にはできない。

お師匠さんは、つまりは、お妾《めかけ》さん。でも、先生の奥様はとっくになくなって、子供も死んじまって、独りなんだから、籍をいれたって、かまわないだろうにね。

千鶴は、お妾さんの意味を知らない。

先生は、千鶴の父親なのだと、これも、大人たちの話のはしから得た知識だけれど、父親とはどういうものなのか、それもよくわからない。

千鶴は、もう、小学校に行く年なのだそうだ。しかし、千鶴は、戸籍にのっていない。だから、通知もこない。そう小耳にはさんだことがあり、――こせき、ってどういう乗物なのだろう――と思ったのだった。それに乗ったら、どこに行けるんだろう。

先生は、千ィちゃまを、まるっきり、この世にいないものにしていらっしゃる。自分の子なのに、かわいくないんだね。変なお人だね。

お師匠さんが乳をのませるのを、先生はゆるさなかった。わたしがずっと、お乳をあげたんだよ。お師匠さんは、お乳をしぼって、捨てていなさった。じきに、お乳はとまってしまった。

お師匠さんも、千ィちゃまをあまりかわいがってはいないようだね。

邪魔なんだって。仕事の。新しい振付を考えていなさるときのお師匠さんは、般若《はんにゃ》みたいだもの。般若といえばね、お師匠さんは、千ィちゃまがまだ赤んぼのころ、千ィちゃまと顔をあわせるときは、般若のお面をつけていなさったっけよ。なつかれると、情がうつって困るからって。

千鶴はなにもおぼえていない。般若に抱かれる夢を見たこともない。千鶴の知識はかぎられているが、般若の面は、知っている。北の棟の、母の部屋の長押《なげし》にかかっている。怖くはない。哀しい顔だと思う。

井戸の水のむこうから投げられた光を掬《すく》いとった手のひらに、そっとにぎり、千鶴は中庭にまわった。

縁台に母が立ち、勝さんは、そのかたわらの地面に立っていた。

4

「とれた？」

ミツは、勝男にきいたのだった。

「とれた」

勝男は、紙袋の口をあけ、中からなにかつまみだした。

「だめだラ」手に握ったものを、ミツは宙に放った。緑金の光が、筋をひいて消えた。

「どうして？」

「翅《はね》に傷がついていたもの」

「玉虫？」彼は口をはさんだ。「玉虫のようにみえたけれど」

勝男とミツは、うなずき、

「兜虫《かぶとむし》や鍬形《くわがた》や髪切虫はいくらもいるけれど、玉虫は、少ない」勝男が弁解するように言った。

「千匹、集められない？」ミツが言う。その語調に驕慢《きようまん》な女王が忠節をつくす配下をなぶる気配を、彼は感じた。

「百匹でも千匹でもつかまえられるっていったの、勝男だよ。わたしがいいつけたんじゃない」

そんな会話をミツと勝男はかわした。

そして、ミツは、勝男を相手にせず、桃の実をそっと撫《な》でて毳《けば》をとり洗いもせずに食べるやり方を彼に教えたのだった。

「玉虫を千匹も集めて、何にするんだい」

彼の問いに、

「玉虫の厨子《ずし》をつくる」

「よく知っているね。奈良《なら》にいったことがあるの？」

「絵本で読んだだけ」

てらわずに、ミツは幼稚さをさらけだした。

彼の新婚旅行は、奈良だった。法隆寺《ほうりゅうじ》に伝わる玉虫厨子を、妻とともに目にしている。黒漆塗りの厨子の、縁に張った透彫りの金具の下に玉虫の翅を敷きつめたというが、翅は光沢を失い、黒ずんでいた。

「女帝が、若い男に、厨子をつくるのに必要だから、玉虫を千匹集めよと命じるの」

とミツは、絵本の筋を語った。

「男はいっしょうけんめい、集めたの」

「その若い男は、女帝に恋していたんだね」

「そう」ミツはこっくりうなずき、「九百九十九匹集めて、あと一匹というときに、冬になってしまって山には雪。玉虫はもう、どこにもいない。たくさんの玉虫の幻を見ながら、若い男は凍え死ぬの」

いっしんに話してきかせるミツの肩に、桃の汁で汚れた手を、彼は置いた。その手が男の手であることは、ミツの意識にはのぼらないようだ。

男を意識するほどに成熟していないのか。それとも、十三のミツからみれば、四十に近い彼は、触れられたからといって、動揺する相手ではないのだろうか。そう思うと、いささか不本意でもあった。

肩から胸に這《は》わせようとした彼の手を、ミツはとり、汁で汚れた彼の指を口にふくんだ。

舌がからまった。根元から指先にかけ、ゆっくりしゃぶり、次の指にうつる。うぶどころではない。といって、技巧をだれかに教え込まれたというのでもなく、男をとろかすすべを、本能的に、からだが知っているというふうだ。

この娘を手放せない。ふいに思い、ひとつ、またひとつ、としゃぶりつくされていくのにつれ、その思いは強固になった。

「この指、ほしいな」

ミツは言った。

「指なんか、どうする」

「玉虫にする」

「どうやって」

「桃の根方に埋めるの。指は腐って溶けて、根から木の幹に吸われるラ？」

樹液に、溶けた肉や血がまじる。玉虫は樹液を吸って生きる。

あなたの指を吸って、玉虫は育つ。

そういう意味のことを、舌足らずに、ミツは語った。

「玉虫とはかぎらないよ」ミツの声音に吸い込まれそうになるのを警戒し、彼はわざと、冷静に言った。「兜虫も鍬形も、樹液を吸う」

「先生の指は、玉虫になる。ほかの虫にはならない。きれいだもの」

ミツは、彼の小指をもう一度、口にふくみ、つけ根からもぎとられるかと思うほど強く吸った。

冗談とわかっていながら、彼は、束の間、往診鞄《かばん》の中の麻酔剤を思った。局部麻酔して断ち切れば、痛くはない。

いつまでも、ミツの口のなかにさまよわせておきたい指を、抜き出して、ミツは汐《しお》に濡《ぬ》れたような髪をひとすじ、根元にまきつけた。強靭《きょうじん》な髪であった。

「でも、先生、指を切ったら、困るね」

「困る」

「おれは、困らない」横から、勝男が言った。

「ミツに、玉虫、くれてやる」

小刀の鞘《さや》をはらい、左手を井戸のへりに置き、斜めになった幅広の刃先を小指のつけ根に当て、全身の重みをかけて、押し切った。断ち切られた指は、井戸に落ちた。

緑金の光の尾をひいたような錯覚を、一瞬、彼は持った。

「ばか」ミツが勝男に浴びせたのは、その一言だけだった。

簪《かんざし》の脚で、癇性《かんしょう》に髪をかいた。壁一面の鏡の前で、振りを考えているのだが、いきづまっている。

5

鏡の面が、もやだつようにゆれる。池の面の陽のゆらぎが、鏡に反射しているのだと気がつく。

庭中を池にしたのは、パトロンである〈先生〉の好みだ。

落ち着かない住まいだと思ったが、反対はしなかった。

〈先生〉に会うことがなかったら、父親の配下の漁師のだれかを夫にし、汐に濡れた暮らしを送っているはずだ。

十三の夏が終わるころ、先生に、東京に呼び寄せられた。胸をはずませて、上京した。行儀見習いに、先生の患家にあずけられた。その家は、邦舞のさる流派の家元だった。興味を持って、わたしも習いたいと口にしたところ、習い事は、ふつう、六歳からはじめるという。それを十三にもなってからではおそすぎる、ものになりはしない、突き放され、意地になった。習いたいのならと〈先生〉の口添えがあり、たちまち、先輩の弟子たちをしのいだ。

二十になる前に名取となり、かかりはすべて、〈先生〉がもってくれた。そのころは、もう、〈先生〉の、あからさまな言葉でいえば、妾《めかけ》。

そして、師にそむき、独立して一派をたてた。先生のつてで、財界や政界の大物まで後援会にひき入れ、新作舞踊をつぎつぎに発表し、新しい流派は、隆盛の途をたどっている。

先生は、家族をなくし、独りなので、籍をいれてもいいようなものだけれど、言いだすことは出来ない。

先生の病院は、いまのように大きくなる前、一度、火事にあっている。出火し全焼し、先生の奥様と子供たちは焼死した。そのとき、先生は、わたしの住まいにいた。家族の死をきいて、先生は、ほんの少し、ほほえんだ。

「そうでしたよねえ。あなた、笑ったのよね」

思い出し、鏡に向かって、つぶやく。

怖い人だ。そう思った。

物静かで、見たところ、少しも恐ろしげなところはない。診療のうではたしかで、患者の信頼もあつい。病院が規模を拡大し繁盛しているのは、最初は先生の養家の経済的な援助をうけたというけれど、先生の評判のよさによるところが大きい。

でも、先生は、家族が焼死したとき、薄く笑った。

そして、わたしがみごもったとき、おろすかどうかは、きみに任せると言った。ただし、私は、子供の存在は認めない。いないものとしてあつかう。

わたしは産んだ。そして、悔やんだ。子供がこれほど枷《かせ》になるものとは、産んでみるまではわからなかった。

先生が家族に愛情をもたなかったように、わたしも、子供に愛情をもてない。それが、怖い。

なぜ、ほかの母親のように、子供がいとしくてならない、子供のためなら命も捨てるとまで、思えないのだろうか。

存在を認められない子供は、出生届もだしていない。

踊りの才がきわだっていれば、弟子として存在をゆるしたものを。

いるのに、いないものとして生きている。

かわいそうだとは思うけれど、かわいいとは思えない。なぜだろう。

猫の子や犬の子をみたら、愛らしいと思う。でも、赤ん坊は、少しも、愛らしくはない。わたしは、自分のまわりに、強固に壁を築かなくてはならなかった。人でなし。薄情者。まわりの声が耳に入らないわけではない。

出産を、郷里にも知らせなかった。上京させ面倒をみるかわりに、先生は、親元と絶縁しろと条件をだした。

親は反対したが、わたしは承知した。そして東京で出世するのだからと、親も、結局は受け入れた。

それでも、まるで音信不通というわけにはいかず、ふと気をゆるめると、肉親のしがらみが、蔓草《つるくさ》のように巻きついてくる。

これまでの公演の写真やパンフレットが山積みになっている。新聞などに出た批評の切り抜きもたまった。

肉親よりも子供よりも、この紙切れのほうにわたしの血がかよっている。

最初から突き放してきたから、子供はわたしに甘えない。まといつくことを知らない。それに淋《さび》しさをおぼえない自分が淋しい。

鏡の前にきりりと立ち、口三味線で、もう一度、振りを考える。

わたしが男であったなら、と、また、ぼんやり思っている。子を振り捨てて、仕事一途《いちず》に生を賭《か》けて、だれが咎《とが》めよう。

先生が家族を嫌うのは、仕事が大事だからというのとは、違う。話し合ったことはないけれど、直感している。

先生もまた、わたしのように、血が冷たいのだ。夜の床で、先生とわたしの血は熱かったけれど、家族にするとは、先生は言わない。籍をいれたからといって、わたしが今以上に先生の荷物になることはないのだから、仕事の邪魔というのとはちがう。

やはり、冷たいとしか表現のしようがない。そして、冷たいのは悪なのか、と、責める世間に、先生に代わって反問する。

どうして、こうも雑念がわくのか。これでは仕事になりはしない。

どうして、こうも、千鶴のことがこころに浮かぶのか。振り捨てかえりみないことに、おたがい、なれているはずの子なのに。

ゆれる鏡の面に、子供の姿が、逆さに映っている。歩み寄ってくる。

池の縁《へり》を歩く千鶴だ。水に映った姿が、鏡にさらに映っている。

幾重にも屈折した光が生んだ映像は、あるとみえて消え、またおぼろにあらわれる。

この鏡に、中庭が映ったことなどなかったのに。いえ、気にとめなかっただけか。

男の姿が、これも逆さに映る。

身形《みなり》からみて、庭師らしい。これまでに、きたことのない、新しい……。

わたしは、中庭に足をむけた。

縁台に立つと、ちょうど、千鶴も、縁台のそばにきた。縁台のわきの脚立から、庭師がおりてきた。

千鶴はわたしを見て、「みよや、いないの」いいわけするように、口にした。「勝さんにお茶って、言わなくちゃいけないんだけど、いないの」

手をかるく拳《こぶし》ににぎっているのに気がつき、

「何を持っているの」たずねた。少しやわらかい声になっていると思った。

千鶴は手をひらいた。

「指、ひろった」千鶴は言った。「井戸でね、水のむこうから、ほうった」

緑金の玉虫が、うずくまっていた。

「やっと、育ったんだな」庭師がつぶやいた。

その左手の小指が欠けているのを、わたしは見た。

わたしは簪を髷《まげ》から抜いた。千鶴の手から玉虫をとり、桜の幹に、簪の脚で、刺し止めた。

「千匹の約束ね。やっと、一匹」

「あと、九百九十九匹……」勝男は言った。

けげんそうな顔をしている千鶴に、指が玉虫になるいわれを教えた。

千鶴はうなずき、勝男の手をとった。そして、わたしを見上げ、「千鶴、いままで、おねだりしたこと、なかった」と言った。「一つだけ、ほしい。玉虫、千鶴にもちょうだい」千鶴はそう言って、勝男に愛らしい笑みを投げ、欠けた小指のとなりの薬指を、口にふくんだ。

胡蝶塚

「血の雫《しずく》だよ」

と馨《かおる》が言うと、千緒はすなおにうなずく。

山裾《やますそ》の目路《めじ》はいちめん、白い花の盛り。小振のアヤメといった花びらの姿だが、

「シャガ」

字で書けば、こう、と、千緒の手のひらに、〈胡蝶花〉画数の多い三つの漢字を一つ一つ、馨は指で書いた。

うなずいて、千緒はかがみこみ、地面に爪をたてて、胡蝶花ときざむ。日向《ひなた》くさいスカートがめくれ、腿《もも》がのぞく。

花はともあれ、胡蝶の二文字は、子供にはむずかしすぎるかと思ったが、ゆがんだ形ながらどうにか書いて、馨を見上げた。

白い花弁に散った斑紋《はんもん》は、紫だ。血のいろはしていないのだけれど、花叢《はなむら》の上におおいかぶさった椎《しい》の大樹の梢《こずえ》を透して葉洩《も》れ日がちらちらおどると、斑紋もゆれて、黒ずんだ赤に似たと、目が惑《まど》う。

ひとところ、こんもりと高い塚があり、裾を埋めたシャガの群は、塚の斜面から頂上までむらがる。

千緒の髪に手をおく。おかっぱに切りそろえたやわらかい髪のひとすじずつが、水をふくんだ糸のように、陽光をふくんでいる。指でしごいてみる。剃《そ》りこんだ無駄毛のないきりりと細い眉《まゆ》を、千緒はひそめた。その表情が、文乃《あやの》に似る。いやがってはいないと、感じる。指にからまる髪の毛から、活《い》き活きとした命の力が流れ込むようで、手をはなした。

「このあたりは、お城跡だったんだよ」

室町《むろまち》の末、世は乱れ、下剋上《げこくじょう》。さる領主が死んだあと、世継ぎの若君が幼いので、領主の弟、若君には叔父《おじ》にあたる人が、いっとき君主の座についた。叔父はひそかに若君の命をねらい、些細《ささい》なことを言い咎《とが》めして、切腹にまで追い詰める。

「この椎の木陰で、若君が、短刀の切っ先を、肌に当てようとしたとき、雲つくような天狗《てんぐ》と般若《はんにゃ》があらわれ、警護の武士を切り払い、若君をひっさらった」

実は、天狗の面をかぶった大僧都《だいそうず》、白雲和尚。先代の領主と親交があり、若君の悲運に同情していた。般若面はその弟で、ともに、大力無双、武芸にひいでている。

さらってきた若君を、僧都はひそかに育てた。花のようににおやかに、若君は生い育ち……。

「きれいな若君だったんですか」

千緒はさえぎってたずねる。子供らしくない言葉づかいは、主筋の人には礼儀正しくと、文乃にしつけられているためだろう。千緒の祖母が、昔、馨の家に奉公していた。気をつけてはいるようだけれど、十二の女の子の地金がときどきでて、そのほうが馨は気楽だ。

馨の幼いときの写真を、千緒の祖母が持っていて、その幼顔が残っているから、すぐにわかった。そう、千緒は言った。坊っちゃん、と言いかけたので、馨さんでいいよ、と言った。

「そうさ。丹花《たんか》の唇。月の眉」

ありきたりな形容を、馨はつらねた。

「元服するまでになったのだけれど、悪い叔父さんの企《たくら》みにあって、おびきだされ、なぶり殺しにされてしまった」

いとおしんでいた若君を惨殺された和尚とその弟は、憤怒《ふんぬ》の夜叉《やしゃ》と化した。若君の供養に、悪領主とその一味、家来のはしばしまで、斬り殺そうと、誓いをたてる。

天狗の面と般若の面、異形の兄弟は、夜な夜な城下を徘徊《はいかい》し、悪領主の禄《ろく》をはむ武士を斬殺《ざんさつ》してまわり、ついには城に斬り込んで、最後に悪領主の首を斬り、墓前に供えた。千人斬りの悲願成就。

シャガにまつわる言い伝えとして語ったが、実を言えば、かつて読んだことのある大衆読物を盗んだにすぎない。異母兄の本棚にあったものだ。

「血汐《ちしお》は花を染めました。いまも咲くのはシャガばかり」歌うように言い、「あの塚は、若君を葬った塚？」手についた泥をはらって、千緒は立ち上がった。足がしびれたかして、ちょっとよろめく。背中をかるくささえると、猫がのどを鳴らすような顔になり、細い指で馨の手を握った。文乃の手を握ったときの感触がよみがえった。

「あの塚は、ぼくの墓」

声には出さなかったのだが、千緒は、聞こえたように、「嘘」と見上げた。この女の子は、ときどき、人の心を読む。

「嘘」もう一度、千緒はきっぱり言って、小さい唇をひきしめた。頭上の木々の青葉が翳《かげ》を落とす小作りな顔は、シャガの花びらのように白くやわらかく、細い鼻梁《びりょう》といい、きざんだような口もとといい、繊細で愛らしいのだが、小生意気な表情を時折浮かべる。

「ぼくは嘘つきだよ。知らなかった？」

「わたしも嘘つき。いっしょですね」

と言って、笑みくずれる。

「毎日、わたし、お母さんに嘘をつくわ」

「だれだって、嘘をつくことがあるんだから、かまわないさ。ぼくは嘘つきだけれど、あの塚がぼくの墓というのは、嘘じゃないよ」

ぼくは、蘇生《そせい》したのだから。

無言のつぶやきを、

「そせい？」

千緒は聞きとがめた。

年より早熟な千緒だけれど、語彙《ごい》にない言葉だったようだ。

「死んで、生き返ること」

「いや」悲鳴に似た声を千緒はあげ、手をふりはらった。生の流れにのり、いのちの海原にこぎだしたばかりの千緒には、死はひたすら不気味なうとましいものなのだろうか。

「どうして、生き返ったの」

そう訊《き》いた声は、静かで、年にふさわしくない哀しみがこもっていた。

「生き返らないほうがよかったみたいな言い方だな」

千緒は、塚に目を投げた。

「あのとき、逃げてきたんだ、ぼくは。ばあや——千緒のおばあさんのところに」

「悪いことをしたの？」

「怖かったんだよ」

「臆病《おくびょう》なの、馨さん」

「とっても、臆病」

「子供だったから？」

「いまでも、怖がりだよ」

「大人は、怖がっちゃあ、だめでしょう」

「ぼくは、大人？」

「とっても」

「千緒のおばあさんに助けてもらった。おばあさんは、怖がらなかったよ。千緒のお母さんも」

「なんの話だか、わかりません」

「千緒のおばあさんは、昔、ぼくの家のばあやだった」

「知っています」

「ぼくに、兄がいたの、知っている？」

「いいえ」

「死んだ」

「ご病気？」

「自害」

彼の仕草に、千緒は目をみはった。

「ぼくの家は軍人だから」

「軍人のおうちは、死ぬときは、こうやるの？」

「恥ずかしいことをしたときはね」

千緒は、なにも知らなくていいよ。

「知りたい」

でも……と、千緒はつづけた。

「馨さんが聞くなとおっしゃるのなら、聞きません。だけど、一つ、聞きたいの」

「何だろう」

「馨さんは、どうして、わたしのこと、わかったんですか。お会いしたこと、ないでしょ」

「お母さんによく似ていたから」

「びっくりしました。道に迷って、心細くていたら、突然、お母さんの」と言いかけて、「母の」と、言いなおし、「名前を呼ぶんですもの」

椎《しい》、栗、楢《なら》、山毛欅《ぶな》、雑木の間を、葉洩《も》れ日の斑《まだら》模様を顔に服におどらせて歩いてくる姿が、彼に錯覚を起こさせたのだ。

一瞬、時が遠くさかのぼったような気がした。

＊

あのとき——十何年前になるのか、馨はもう、数えるのもやめてしまったので、正確な年数はわからない。

ばあや、と呼んではいたが、彼が小学校にあがった年、千緒の祖母は、三十をでるかでないかという年齢だったはずだ。馨の生母が結核性の病気で、授乳どころか赤ん坊をそばにおくこともできないので、馨は、生まれるとすぐ里子にだされた。乳母の実子である文乃とともに過ごした。文乃は、馨より二つ年上だった。正月だの、なにか行事のあるときは、乳母が生家に連れていったというが、なにも覚えてはいない。

馨が生家に戻ったのは、五つになった正月である。正確に言えば、その前夜、つまり、前年の大晦日《おおみそか》であったが。つきそってきた乳母は、そのまま、彼の生家に奉公することになった。毎年、正月の松の内を過ぎてからと、お盆だけ、家にもどる乳母に、馨はいつもついていった。乳母にまつわりたがる彼を、父は叱った。やかましく繰返しはしないが、厳しい目で見据えられ、一言「惰弱《だじゃく》だ」と言われると、彼は身がすくんだ。

軍人の父と、床についたきりの母、彼、三人の家族に、奉公人の数の方が多い家であった。彼の母は後妻であり、彼には異母兄にあたる先妻の息子は、陸軍幼年学校の寄宿生なので、休みのときしか帰省せず、顔をあわせることは少なかった。
将来の陸軍将校養成のために、陸軍士官学校と、その予科がある。予科は中学五年を卒業して入るのだが、幼年学校は、そのさらに予科であり、中学一年程度の学力があれば、小学校を卒業してすぐにでも、受験できる。競争率が群を抜いて高いのだが、その難関をくぐれば、予科士、陸士は無試験であがることができ、将来の陸軍将校への道が保証される。

軍学校は授業料を免除され、国から小遣い金をもらえるけれど、幼年学校は、月二十円の食費を徴収するから、進学するのは経済的に余裕のある家の子弟にかぎられている。軍人である父親が息子を入学させることが多かった。

そのような事情は、後になってから知ったことで、正月に帰省してきた異母兄の、星の徽章《きしよう》のついた制帽を庇目深《ひさしまぶか》に、かっちりした制服を着けた姿が、馨には、ただ、まぶしかった。

異母兄はこのとき十四で、後で思えば、まだ子供だったのだが、彼には、手のとどかない大人に見えた。

たわむれに、異母兄は、馨に制帽をかぶせた。庇が鼻の上まできた。突然視野がくらくなったので、彼はよろめいた。「しっかり立て」父がそのとき、おそろしい声で命じた。兄の髪のにおいが、鼻先に濃かった。彼はとほうにくれ、少し涙ぐんだ。

同じ日に、もう一度、馨は、父に怒られている。母は、病室にあてられた離れで、住み込みの看護婦とふたりだけで正月を祝い、母屋にはこなかった。伝染性の病気なので、彼は母の部屋にいくことを禁じられていた。しかし、座敷で父、異母兄と三人で屠蘇《とそ》を祝い、ふたりが年始の挨拶《あいさつ》まわりにでかけた後、乳母がこっそり彼を離れに連れていった。渡り廊下はつかわず、庭をとおって、ガラス戸の外から、対面させた。

八畳の座敷に、付添いの看護婦用の三畳間と水屋、厠《かわや》のついた造りで、広縁との境の障子は、開け放されていた。

火鉢にかけた薬罐《やかん》の口から湯気が上がり、そのむこうに、母の顔がゆらいでいた。蒲団《ふとん》の上に半身起き上がり、畳んだ蒲団の山にからだをもたせかけ、看護婦が、皮をむいた蜜柑《みかん》を一房一房、食べさせていた。

眉《まゆ》の濃い、眦《まなじり》が男のようにきりりとした看護婦は、がじがじと小刻みに歯をうごかして袋の口を嚙《か》み切り、くるりと裏返す。馨もときどき、乳母にやってもらう。お獅《し》子と呼んでいた。袋がじゃまにならないで、口当たりがいい。自分でやると、つぶれて汁だらけになるし、なぜか、ひとにつくってもらったものほどおいしくないのだった。

中身が獅子のたてがみのようになったのを人さし指の頭にのせ、看護婦は母の口もとに運ぶ。ネルの寝巻の上に綿入れの半纏《はんてん》を羽織った母は、くちびるをつぼめ、指ごとしゃぶった。母の口の中で、看護婦の指が遊んでいた。

母が、生きる重荷を放り出して、看護婦に気楽に甘えているように、彼の目には見えた。

その夕方、父になぐられた。

理由は三つあったようだ。母の部屋をのぞいたことも、もちろん、その一つだが、くわえて、こそこそのぞき見した、ということも、理由の二つ目になっていた。禁止行為をするのでも堂々とやるのならまだ許せるのだそうだ。乳母は父に言うわけがないから、看護婦がいいつけたのだろう。

そうして、三つ目があった。彼が画用紙にクレヨンで書いた三行ほどの幼い言葉が、父を激怒させたのである。思いつくままに書いて、どこかに置き忘れていたのを父がみつけたらしい。

〈ぼくは　おきく　なたら、
へいたいさんに　いかんならん
てっぽにうたれて　しなんならん〉

「名誉の戦死が、それほど恐ろしいか」

いつのころから抱いた諦観《ていかん》だったか。

大人になったら、戦争に行かなくてはいけない。戦争は、戦死につながっていた。戦勝を、彼は思い描くことができなかった。国は、軍隊は、勝つだろう。だけど、ぼくは、勝てない。

父の鉄拳《てっけん》の制裁から彼をかばったのは、異母兄だった。

「お父様。それは、馨が、覚悟をのべたものです。立派じゃありませんか。こんなに小さいのに、御国のために戦死する覚悟をきめているんですから」

異母兄の口調は、かすかな皮肉をふくんでいると、彼は感じた。その皮肉は、彼ではなく、父にむけられていた。

「間宮の息子が、一兵卒として戦場に立つことはない」と、父は言った。「馨も、時期がきたら幼年学校に入れる。星の生徒、未来の士官候補生だ。兵隊ではない」

兵隊は、父の目には、使い捨ての弾丸にひとしい消耗品なのだと、彼は、明確な言葉にはならなかったが、感じた。

「いかんならん、死なんならん、とは、どこの田舎の言葉だ。言葉は、正確に使え」

父は東北の生まれ育ちだが、自分が時折使う方言には気がつかないようだった。

萎《しお》れている馨に、夜、床をとりながら、

「坊っちゃま、もっとお強くならなくては、だめですよ」乳母はさとした。「ばあやは、今月でもう、お暇《いとま》を取ります。坊っちゃまがいつまでも泣き虫さんだと、ばあやは困ってしまいます」

お暇という言葉が、彼の胸を刺した。行かないで、としがみつきたいのをこらえ、

「どうして、やめちゃうの」

「四月から、坊っちゃまも尋常一年生でしょう。もう、大人でしょう。大人になったら、ばあやはいりません」

ばあやを失うくらいなら、大人にならないほうがいい。そう言いたい言葉を、のみこんだ。泣き声ものみこんだから、喉《のど》がひくひく動いた。乳母は彼を抱き込もうとしたが、抱かれたら涙が泣き声といっしょにほとばしるから、ふりはらって逃げた。

毎日、馨は、表門の前の門松をたしかめずにはいられなかった。今日が一月何日か、わかっていたし、乳母がまだいるのもたしかめている。それなのに、門松がまだとりはらわれないのを確認すると、安心する。乳母にまつわることはしなかった。家のどこかにまだいる、そう思うだけで心強いのだった。

ぼくは大きくなったら……と、心のなかでつぶやいていた。兵士にならなくてはならない。戦場で、砲火を浴びなくてはならない。怖がるのは、臆病《おくびょう》、意気地なし、生きる資格もない……。

三が日は父の来客が多く、彼は座敷には入れず、冷え込む茶の間で、乳母や女中に、双六《すごろく》やトランプの相手をしてもらってすごした。

一月七日。まだ、門松は立っていた。朝食のとき、乳母が給仕をしてくれた。その後、乳母は家の雑用にかかり、来客もとぎれたので、彼は縁側で本に読みふけってい た。父にみつかると、軟弱だと取り上げられ、叱責《しっせき》を浴びるのだが、外出したような ので、くつろいだ。

ガラス戸越しの陽にあたためられた縁側は、板がやわらかみを持つようで、ふっくらした感触のなかで、物語に溶け込んでいた。そのあいだに乳母が去ったことに、気がつかなかった。お別れを言うと悲しくなるから、だまって出ていったんですよ、と、昼御飯のとき、女中が給仕をしながら告げた。

卓袱台《ちゃぶだい》についたのは、いつものように、馨ひとりだった。帰省中、異母兄は、友人でもたずねるのか昼は留守のことが多かった。しかし、この日は外出した気配はないので、お兄様は？　と訊《たず》ねた。お二階ですよ、と女中は言った。お昼は召し上がらないの？　いらないとおっしゃるので。

北側の茶の間は、晴れた日でも湿気をふくんで、冷たい。朝の残りを蒸しなおした飯を、女中が茶碗《ちゃわん》によそる。しもやけでふくらんだ指の関節が割れて、血がにじんでいた。

うろうろと、家のなかを歩きまわった。彼がかってに入ってはいけない部屋は、母のいる離れのほかにも、いくつもあった。階下では、応接間が禁断の部屋だし、二階は、ほとんどの部屋が、彼をしめだしていた。二間ある来客用の座敷は、めったに使われることがなく、雨戸の開《あ》け閉《た》てだけは、毎日まめに行われている。父の書斎は、重々しい樫《かし》の扉をもった洋室で、馨は、真鍮《しんちゅう》のノブに手をふれたこともなかった。父の書斎と、座敷をはさんで反対の端に、異母兄の部屋がある。寄宿生になってからも、帰省すると、寝起きに使っている。異母兄が留守のとき、ちょっとのぞいたことがある。六畳ほどの和室で、片側の壁は三尺幅の丈の低い本棚が置かれ、古い少年雑誌が十数冊残されていた。

他人の領域にかってに入ってはいけないと躾《しつ》けられていたけれど、雑誌の誘惑には勝てず、無断で借りて読んだ。じきに読みつくし、同じ話を繰り返し読んだ。

襖《ふすま》の外から「お兄様」と、そっと小声で呼んでみた。

「お入り」異母兄の声に、襖に手をかけた。

なにかつっかえて、開かない。

「ちょっと待って」もう一度兄の声がし、襖ががたがたした。するりと開いた。兄の手に、しんばり棒があった。

「何か用？」

「用じゃないけど……。お兄様、今夜、学校に帰っちゃうんでしょ」

「ああ……」

異母兄は、背後から馨の両肩に手を置いた。そうして、押し出すようにして、窓ぎわに連れていった。

窓の下には、勉強机が置かれていた。座り机である。

「四月から、一年生だね」

「うん」と言ってから、「はい」と言いなおした。目上の人には、うんと言ってはいけない、はいと答えよと、父に命じられている。

「入学したら、この机をあげるね。少し傷がついているけれど」

ナイフの痕《あと》らしい。

「ぼくが言わなくたって、お父様が、これを使えとおっしゃるかもしれないけれど、ぼくから、馨にあげたいから」

壁の長押《なげし》には、革のサックにはいった短剣が下がっていた。

「あれ、見てもいい？」

「いけない」

異母兄の語調は、急に強くなった。馨はまた、泣きたくなったが、こらえた。涙ぐんだりしたら、異母兄にも軽蔑《けいべつ》されてしまう。

「ぼくが死んだら」と、思いなおしたように、異母兄は言った。「お父様がきっと、これはとりあげてしまう。だから、いまのうちに馨に見せておこう」

短剣をとり、サックからだして、異母兄は鞘《さや》をはらった。

室内の少しよどんだ明るみが、刀身に吸い込まれていくような気が、馨は、した。

「お友達からもらったのだよ」

兄ぐらいの大人なら、友人とか、友達とか言うのがふつうだ。お友達という言い方は、子供っぽいというより、その友達を特別に大事にしているためだと、馨には感じられた。

「切ったこと、ある？」

「あるよ」と、異母兄は言った。「ちょっぴりだけれどね」

「人を？」

「人と、自分とね」

刀身を鞘におさめ、サックに入れて長押にかけてから、机の前に二つついた抽斗《ひきだし》を、一つずつ、異母兄は開けた。中はからだが、消しゴムのかすのようなごみが少し残っていた。窓をあけ、抽斗を逆さにしてゴミを裏庭に落とした。

「お兄様、病気？」

「どうして」

抽斗をしまう異母兄の手が、ひどく緊張しているようにも、ふるえているようにも、馨には感じられたのだった。

「それからね、この部屋、馨が使うといいよ。一年生になったら」

「ばあやがね」馨は口にした。言葉が胸の底からあふれた。「帰っちゃったの」

「みんな、どこかへ、帰るから」異母兄は言って、馨の髪を撫《な》でた。手はやはり、ふるえていた。

「お兄様も、幼年学校へ帰っちゃうね」

異母兄は首をふった。振り子のようにいつまでも振りつづけるので、「そんなにしたら、気持ちが悪くなるでしょ」馨は言った。異母兄は、「お行き」と、また彼の肩を押して敷居をまたがせ、廊下に押し出して、襖を閉めた。しんばり棒をかっているのか、襖がゆれた。

その翌日、馨は、茶の間の茶簞笥《ちゃだんす》の抽斗から、小銭をつかみだした。乳母や女中が御用聞きに支払うのに、この小銭を使っていた。

みつかったら、おまわりさんにつかまって、牢屋《ろうや》に入れられる。それでもいいと思った。家のなかは、人の出入りがあったはずなのだが、馨はおぼえていない。父も奉公人たちも呼ばれた医者も、みな異様な興奮状態にあるようで、若い女中などは、些《さ》細《さい》なことに悲鳴をあげ、突拍子もない声で笑った後、すすり泣くというふうだった。

父は一見平然としていたが、不意に庭下駄《げた》をつっかけて庭に出、また座敷に戻るというような意味のない行動をした。馨がふだん着のセーターの上にオーバーを羽織って家をでるのを見とがめる者はいなかった。

うろおぼえの道をたどった。省線電車に乗り、乗換え、下りる駅もまちがえはしなかった。

駅前にこそ数軒商店があるものの、じきに田圃《たんぼ》や畑、雑木林になる。鎮守の森を目印に、乳母の家をたずねあてた。

赤ん坊のときから五つまでをすごした家は、その後の二年をすごした生家より、はるかに彼になじんでいた。昨日出て、今日帰ってきたような気がした。

こんもりと高い茅葺《かやぶ》きの屋根には、冬枯れの羊歯《しだ》や薺《なずな》、刈萱《かるかや》、葛《くず》、女郎花《おみなえし》、繁縷《はこべ》や野芹《のぜり》が、藁屑《わらくず》のように、這《は》っている。

春になれば、これらの野草は、屋根の上でいっせいに芽吹き、青々と繁るのだ。ひょろりと細い雑木さえ、枝をのばしていた。小鳥が落とした種が、芽をだしたものらしい。小山のような屋根におしつぶされ、家をささえる柱はゆがみ、板壁は腐れ、壁土ははがれおち、木舞《こまい》があらわれている。

『産婆』としるした板看板が土間の入口のわきの柱に打ちつけられているのも、変わっていなかった。乳母の母親が、長年その仕事をしていたのだという。彼がものごろついたときは、歯が抜け、腰が曲がった老婆で、冬は囲炉裏《いろり》の傍にうずくまり、夏は家の外に出て、風を楽しんでいるのだった。まわりの空き地は、シャガの白い花がむらがり、風にさわいでいた。

花が終わり秋を過ぎ冬ともなれば、葉は枯れ果て泥にまぎれるのだが、春先、ふたたび、つんつんと青い葉先をのばす。

地下茎でふえるのだと教えてくれたのは、乳母だった。地面の下は、一面、シャガの地下茎がからまりのびている。そうして、年々、地下茎はのびつづけている、と乳母は言った。

乳母も産婆の免状をもっていて、老母の仕事をひきついだのだろう、ときたま、産婦のいる家に呼ばれて行った。そんなとき、馨は、文乃と文乃の祖母と、三人で留守番をした。冬であれば、祖母は、蜜柑《みかん》の房を、文乃と彼に等分にお獅子《しし》にしてくれた。祖母のゆっくりした動作をじれったがって、文乃は、さっさとひとりで房を食べた。

茅葺きの屋根の上は、文乃と彼の遊び場でもあった。軒下に積まれた薪や古梯子《はしご》を足掛かりによじのぼり、てっぺんにまたがる。からだが大きく力も強い文乃は、先にのぼりついて、後から茅や草の根にしがみつき腹這いになってよじのぼってくる馨を突き落とそうとする。しかし、彼が悲鳴を上げてずり落ちかけると、素早く手首をにぎってささえる。そうして、泣き虫、弱虫とからかうのだった。

葺いた茅が抜け落ちて屋根の骨組みがあらわれている箇所があり、そこからのぞくと、部屋のなかが見下ろせた。屋根の穴の真下はふだん使われることのない空き部屋だった。何度かのぞくと飽きたが、何度目のときだったか、人がふたりいた。人を俯《ふ》瞰《かん》するのは初めてだった。ひとりの手がもうひとりの肩から背にまわり、力をこめてひきよせた。もうひとりの顔が、あおのいた。驚きはしなかった。顔が見える前から、わかっていたからだ。相手の頭がおおいかぶさって、乳母の顔はかくれたのだが、その一瞬前に、乳母の目がゆらいだ。視線があったと、彼は感じた。「どうしたの」彼の態度がいつもとちがったのだろう、文乃は聞き、答を待たずのぞいた。すぐに顔をあげた。「だれ?」彼の問いに、知らないというように首をふり、「屋根にのぼったのわかると叱られるから、静かにしていよう」と言った。屋根の下も静かだった。

そのときのことを思い出し、いま、屋根の穴からのぞいたら、乳母と文乃を見下ろせるかなと馨は思った。しかし、彼はひとりの遠出に緊張し、疲れすぎていた。

土間の入口をのぞいた。通り抜けになっているので、トンネルのように、土間は暗い。むこうの口が光をきりとり、逆光に黒く人影が立った。

近づいてくると輪郭と色彩がはっきりして、文乃だとわかった。赤い絣《かすり》の綿入れに、お揃いの袖無《そでなし》羽織で、どちらも袖口がすり切れ、綿がはみだしていた。

文乃は彼をみつめていた。

「ばあやは？」

「いない」文乃は不機嫌に言った。

「でかけたの？」

「馨さんのうちに行った」

「昨日、ここにきただろ」

「今朝、電報がとどいて、呼び出されたんだよ、また」

文乃はずかずかと歩み寄って、

「なんだって、また、うちに来たの」

帰れというふうに、肩をついた。

「せっかく、お母さん帰ってきたのに、また、あんたのうちが、連れてっちゃった」

いきちがいになったのか。あのまま、家にいれば、ばあやは、また戻ってきたのか。

「おばあちゃんは？」

「死んだじゃない」

きっぱり言われ、彼はとまどった。いつ死んだんだろう。

「おばあちゃん、死んで、わたしひとりなのに、お母さんのこと、返してくれなかったじゃない。やっと戻ってきたら、また、取り上げちゃったじゃない」

馨はしゃがみこんだ。土間の土のにおいが鼻孔から全身にしみた。

「あんた、帰んなよ。自分ちがあるんじゃない。帰んなよ」

文乃は、しゃがんでいる馨の肩を小突いた。答える言葉がわからなくて、馨はだまっていた。あの、血のにおいのする家には戻れない。血があんなに変なにおいがするものだとは知らなかった。兄の部屋は、においも色も一変していた。

「強情っぱり。すぐ、黙っちゃうんだから。ずるいよ」

文乃の平手が、頭を思い切り叩《たた》いた。

これまで、文乃に突き飛ばされたりひっぱたかれたりしたけれど、頭だけは、乳母が打《ぶ》たせなかった。子供同士だから、喧嘩《けんか》するのはしかたない、でも頭は打ってはいけないよ。大事なところなのだから。一度、文乃が馨の頭を打ったとき、乳母は文乃の手の甲をつねりあげ、そうさとしたのだった。

ひどく理不尽なことをされたようで、馨は、思わず、目の前にある文乃の足を、両手に力を込めて突いた。

文乃はよろけ、片手を土間についてささえようとしたが、間に合わず、横たおしにころんだ。一度、手をついているから、それほどひどく打ちつけたわけではなさそうだったが、いきなり、大声で泣きだした。

それまで、泣くのはいつも馨のほうで、文乃が泣く声を聞いたことがなかった。馨は声をしのばせ、泣くまいとしてもすすり泣きがもれてしまうのだが、文乃は、溜《た》めていた泣き声を一気に解き放ったように、喉《のど》が裂けそうな声で泣いた。

泣きながら、囲炉裏のある板の間に上がり、寝ころんで、床を叩いた。

しゃっくりのように声をひきつらせ、「お、お母さん、いない、い、い、いない、お母さんいない」と、わめいていた。

なにもかもが、自分が悪いような気が、馨はした。

ほかの人にはうしろめたい思いを持ったことがなかったけれど、文乃には、たぶん、悪いことをしたのだ。

なにが悪いのか、馨にはわからない。乳母の行動は、彼が決めたものではなかった。それでも、彼は、——たぶん……と思った。ぼくが悪いんだろう。

板の間に、馨はあがった。部屋のなかでオーバーを着ていては行儀が悪いと思ったが、板の間は、外よりいっそう冷え冷えとして、脱ぐ気になれない。囲炉裏の真ん中には灰が盛り上がっていた。くずれたところに、わずかに赤い火の影がみえた。

文乃のとなりに坐《すわ》って、「ぼくをぶっていいよ」と馨は言った。床をそんなに叩いたら、手が折れちゃうよ。

寝ころがったまま文乃は手をのばした。指の先が馨の髪にからまった。ぐいとひいた。声は上げまいと思ったけれど、叩かれるより痛くて、小さい悲鳴がもれた。

「囲炉裏、お母さんが出ていく前に、火に灰をかけちゃったから、あまり暖かくないよ」

文乃は急にはね起き、「仏間に行こう」と誘った。

「仏間？」

――そんな部屋、あったっけ……。

文乃は先に立って奥に行った。その部屋は、屋根の上からのぞいたことのある空き部屋だが、黒い仏壇が置かれていた。以前はなかったものだ。

天井を彼は見上げた。板ははってなくて屋根裏の梁《はり》がむきだしになり、茅《かや》が抜け落ちた穴はそのままになっていた。

雨が降りこむにまかせた畳は芯《しん》まで腐り、歩くたびに、ぼこりとへこんだ。

「おばあちゃん、病気になってから、ずっと、この部屋で寝ていたの」

彼が知るかぎりでは、この部屋は、寝間には使われていなかった。雨や風ばかりではない、冬は雪だって降りこむのだから、休めたものではない。

「あの人がくるといけないからって」

「あの人って？」

「変な男の人、見たでしょ」

「だれなの、あれ」

「生きてる人じゃないんだって。この部屋に憑《つ》いている何かなんだって。それがくるといけないからって、おばあちゃん、陣取っていたの」

文乃の説明は舌足らずで、よくわからなかった。

「悪いやつなの？」

「お母さんに、前、悪いことしてたでしょ」

「あれ、悪いことだったの」

「うん。おばあちゃん、そう言ってた。それでね、おばあちゃん死んでからね、お母さんが、仏壇買って送ってくれたの。この部屋に置くようにって、遺言してたんだって」

去年の秋の終わりごろだったか、乳母が一日家をあけたことがあったのを、馨はこのとき思い出した。その日が、乳母の老母の死んだ日だったのかもしれない。

仏壇の観音開きの扉は、開いていた。位牌《いはい》の前に、飯を盛って箸《はし》を二本つきたてた小さい茶碗《ちゃわん》が供えてあった。それを見て、急に、空腹を彼はおぼえた。血に染まった兄の骸《むくろ》を、朝食の支度ができたからと部屋に呼びにいった女中が発見し、それから大騒ぎになり、食事どころではなくなったので、彼はなにも食べていなかった。

「おなかすいているの？」

なにも言わないのに、文乃は見抜いた。

「おばあちゃんのご飯、食べていいよ」

冷えた飯は、水気が多すぎたのか、もっちゃり固まっていた。「おかずがないと食べにくいね」と、文乃は板の間の蠅帳《はいちょう》から梅干しの小皿をとってきた。

「あんた、何しにきたの」

「ばあやに会いに」

「あんたの家に呼ばれたって言ったでしょうが」

大人びた口調で文乃は言った。

「どうして、お母さんを電報なんかで呼んだのよ」そう言って、文乃はひくっと喉を鳴らしたが、泣きだしはしなかった。

「お兄様が死んだからだと思う」

「あんたが死んだんならだけど、お母さんは、お兄さんて人の乳母じゃないんだから」

「ごめん」

「許したげる」寛大に、文乃はうなずいた。

冷たい飯を食べて、馨は胴震いが出た。

「寒い？」

「うん」

乳母と文乃とその祖母と彼と、四人で暮らしていたころは、こんな寒さをおぼえたことはなかった。もっとも、冬は囲炉裏《いろり》にも竈《かまど》にも火が焚《た》かれていた。囲炉裏のそばの床板は、ほっこりと暖かく、腹這《はらば》いになっていると芯までゆっくりぬくもった。

「寒かったら、こうしよう」

文乃は、彼のオーバーの前ボタンをはずし、胸をあわせ、羽織の前で馨をつつみ、オーバーで自分をくるみこませた。

足がもつれて、ふたりいっしょに畳にころげた。湿って腐った畳はふたりの子供の重みをささえきれず、泥沼のようにからだが沈んだ。床板の固い感触が肌に触れた。

「死んじゃうと寒くないんだって。おばあちゃんが言ってた」

「おばあちゃん、文《あや》ちゃんにはいっぱいいろんなこと言ったんだね」

「そうよ」

文乃のくちびるが、馨のくちびるに触れた。

あの悪いやつと同じみたいだ、と思って、馨は少し怖くなり、よけた。文乃は、舌の先で馨の頬をちろちろ舐《な》めまわした。

「気持ち悪いからやめて」

「あたしは、おいしいんだけどな」

そう言って、文乃は、歯の先を頬にたてた。

ちょっぴり齧《かじ》られたと思った。

「文ちゃん、あの悪いやつみたいだよ」

「ちがうよ。お仏壇におばあちゃんがいるから、あいつ、出てこられないの」

「でも、おばあちゃん、死んだ人でしょ。あいつは、人じゃないんでしょ。死んだ人のほうが強いって、どうしてわかる」

「おばあちゃん、強いもの」

「ばあやは、あいつと仲よしだった」

「ちがうよ」

「だって、こんなふうにしてた。仲がよくなかったら、こんなことしない」

「あたしと馨ちゃん、仲よし？」

「だろ」

「あたし、嫌いよ、馨ちゃん」

文乃は、馨の頬に歯をあて、「もう一度齧らせてくれたら、好きになってあげてもいい」と言った。

「齧るんなら、ここがいい」

馨は、のどの脈がとおっているあたりを示した。

「最初、ここなんだけれどね」と、セーターをちょっとめくりあげて脇腹をさし、「ここだけだと、死に切れないから」と、のどを人さし指で切った。

「おなか、齧られたい？」

「くすぐったいから、嫌だ」

「くすぐったくしない。痛くしてあげる」

馨のセーターとシャツの裾《すそ》をいっしょにめくり、文乃は頭をつっこんだ。素肌に文乃の息がなまあたたかく触れた。なめくじが這ったような感覚に、身をよじった。

「だめ」くぐもった声を文乃はあげた。「息、つまる。動かないで」

文乃の歯がやわらかい皮膚にぶつかるので、だめと言われても、馨はもがかずにはいられない。文乃の両手が、セーターの裾をつかみ、こじいれようとする。文乃の顎《あご》の下に、裾はひっかかり、くいこんでいた。嚙《か》みつかれた。ぷつりと皮膚が切れる感触に、馨は、異母兄の脇腹の皮膚が、短剣でかっ割《さ》かれた瞬間を想像した。こんなふうに、ぷつっとはじけ切れる感じがしたのだろうか。

人の気配がした。馨の目に、かがみこんでセーターの裾を文乃の顎からはずそうとする乳母が映った。

セーターの下から乳母は文乃の頭をひきずりだした。人形のように手足を投げ出し、文乃はぐんにゃりしていた。

乳母が文乃の頬をたたいたり胸を押したりしているあいだ、馨は手持ち無《ぶ》沙汰《さた》で、腐ってへこんだ畳をぼんやりながめていた。

白茶けた長い藁屑《わらくず》のようなものがもつれあっているのを、ひっぱってみた。強靭《きょうじん》な藁だった。ひっぱっても千切れず、畳の藺草《いぐさ》のほうがむさっと切れた。藁は弓なりになりながら、どこまでもつながり、枝分かれしてひろがった。

「シャガの根ですよ」乳母が目を投げて言った。「坊っちゃまがひっぱったくらいでは、切れませんよ。床下いっぱいひろがっているんだから」

「じゃあ、夏になると、うちの中にも、シャガが咲くの？」

「陽があたらないから、どうでしょうねえ」

文乃は、かくんと瞼《まぶた》を開き、視線を馨のほうにうつした。目が合うと、きまり悪そうに笑った。柱がきしんだ音をたて、少しゆがんだ。

「お座敷で、大変だったんですよ。坊っちゃまがいなくなったって」

乳母は、彼を東京の屋敷に送りとどけ、また戻っていった。

馨は小学校に入り、二年、三年と、学年が進んだ。異母兄のくれた机は、使わせてもらえなかった。異母兄の遺品は、いっさいがっさい、父が処分した。どこかへ運んで焼いたのだと、女中から聞いた。

からだが二つあるような気が、いつも、彼はしていた。小学校にかよっているのは、からっぽのからだのほうで、もう一つは、シャガの原のまんなかにある乳母の家にいるような気がした。窒息しかけたのは文乃だけれど、ほんとうは、あのとき、自分が死んでいたのではないか、と思えてならなかった。記憶がどこかで混乱しているのではないか。短剣で腹を割き、それだけでは死に切れないで喉《のど》を割いたのは異母兄だけれど、ほんとは、異母兄はあのとき、ぼくのことも切り裂いたのではなかっただろうか。血を流してぼくは乳母の家にたどりつき、死んだのではなかったか。乳母が生き返らせてくれたのではなかったか。

異母兄が自裁したのは、同級生だか上級生だかと、なにかいけないことをしたので、父がそうするようすすめたのだと、これも、女中たちの話から聞き知った。短剣をくれた〈お友達〉のことだと、彼は思った。

中学に進んだ年、幼年学校を受験した。小学校のときから家庭教師がついて勉強をすすめていたから、試験はやさしかった。合格の発表があった日、父は女中に赤飯を炊かせた。母の葬儀の日だったが、弔問の客にも赤飯がふるまわれた。

離れは、早速とりこわされた。出入りの鳶職《とびしょく》が大勢入って、瓦《かわら》を落とし、壁を砕いた。

＊

馨は寄宿舎に入るため荷物をまとめていたが、財布だけもって、外に出た。

「柱がつぶれて、屋根がほとんど地面について、草や雑木がその上に茂って、シャガが白く群がり咲いて」

「今みたいに、もう、なっていたのね」

千緒はうなずいた。

「ばあやは、いないって、知っていた。何年も前に、この家を出て、文乃を連れ子して、だれかの後妻になったって聞いた。でも、ぼくの塚は残していってくれたんだ。屋根の穴からもぐりこんで、横になったら、たいそう、ほっとしたよ。魂のいるところに、ようやく、からだも戻ってきたんだものね。それから、じっとしていた。でも、死人は退屈だから、ときどき、こうやって外に出てみる。ばあやが帰ってこないだろうか、文乃がこないだろうかって、待っていた。そうしたら、きみがきた」

「文乃、って呼んだのね」

「千緒です、ってきみは答えた」

「あなたのこと、お母さんからも、おばあちゃんからも、聞いていたわ。だから、すぐ、わかった。でも、死んだって、聞いていなかったわ。幼年学校に入ったって。たぶん、今ごろは、陸軍将校だろうって」

「それは、もうひとりのぼく」

「うちね、みんなで、満州に行くことになったの。それで、内地をはなれる前に、わたし、昔のうちを見てみたくなったの。家がつぶれて塚みたいになってるなんて、思わなかった」

「中に入らない？」馨は誘った。「うちの中までシャガが咲いているよ。陽があたらないから、葉っぱも白いけれど」

千緒はポケットから小さいナイフをだした。手首を切るのだなと、馨は嬉《うれ》しがったが、千緒はかがみこんで、地面を掘りかえし、シャガの根を掘り出して、両端を切る。

泥のついた根の切れっ端をハンカチに包み、ポケットに入れた。

「満州に行って、住むところが決まったら、家の傍に、これ、埋めてみるわね。増えると思うわ」

満州って、と、千緒は言った。

「夕日がそれは大きくて赤いんですって」

「ここも、夕焼けだ」

シャガが赤く染まり、花びらの白と斑紋《はんもん》のみわけがつかなくなっていた。

塚は黒い影になり、縁だけが金紅色だ。

「そのナイフ、くれない」

「あげてもいいわ。形見っていうのね」

刃の泥を千緒はスカートの端でぬぐって手渡した。

お兄様の短剣は、もらえなかったけれど、これがあれば、とおりかかった人をだれでも、塚の住人にすることができるかもしれない。

「死人って、退屈なんだよ。ここにひとりでいると」

「満州に行ったら、きっと、いそがしくて、退屈する暇なんてないわ。荒野を開拓するんだから」

馨は、千緒を抱き寄せ、頬にくちびるをつけた。

「少し、噛んでもいい？」

＊引用の物語は、下村悦夫『悲願千人斬』より。

青火童女

1

「あれ、兄さんが」宙から女の声が降り、仰ぎ見そうになるのを、「やめなさい」すれちがいざま、老いた声の叱咤《しった》に、首の動きがとまった。

「まともに応《こた》えてはいけない。とっ憑《つ》かれる。聞かぬふりで通り過ぎなさい」

「でも、ここにわたしは用が」

「見舞いかい」

「いえ……」

白ペンキの剝《は》げた看板がでていなければ、安アパートとまちがえそうだが、これで、病院の院長は帝大出の医学博士とか。

「兄さん、兄さん」窓の鉄格子のあいだから細い指がのび、「あれは、わたしの兄さんだよォ」彼をさす。

女がつかんでゆするたびに、朽ちた鉄格子は、ほろほろと、錆《さび》の粉を散らす。

医者の紹介状をふところに診察を請いにきたとは、言いにくくて、入口の三段の石段をのぼりかねた。この正月から結核の療養所にいたのだが、神経の病はそれ専門の病院にいかねばなおらないと、こちらを紹介されたのであった。

「だれかれなしに、兄さんと呼ぶ。あの女の声に応えて、そのまま、この中洲《なかす》からでられなくなった若いのが、何人もいる。ひどく顔色が悪いようだが」

「いえ、別に」と短くかわし、相手が行き過ぎるのを待とうとしたら、ふいに、痛い、と声を上げ、杖《つえ》をふりかざして、はっしと地をたたいた。

浴衣《ゆかた》の裾《すそ》からむきだした空脛《からすね》をさすりながら、白い尨毛《むくげ》の小さい洋犬《カメ》を抱き取った。

「老犬で」痛いと怒りながら、手は慈しむように頭をなでる。

「人でいえば、八十か九十か。私より年寄りだ。長年飼ってきた主に嚙《か》みつくのだから、よほど耄碌《もうろく》した。歯は全部抜け落ちて一本しか残っていないのだが、それでも、嚙まれるとなかなかに痛い」

そう言う相手は、七十は過ぎていよう。瘦身《そうしん》の、白髪を五分刈り、背筋はしゃんと、まとったひとえは、安手ではないが垢《あか》じみている。

「兄さん、兄さん」

「見知らぬものをだれでも、兄さんと呼ぶのだから、見るんじゃない」

きなさい、と先に立って歩きだす。折から卯《う》の花くたしの雨もよい。「これはいかん。傘を貸そう。寄っていきなさい。つい、そこだ」

裾をからげて袖《そで》を老犬の頭にかぶせ、中洲は、晴れる日が珍しい、と老人は言った。

「東の深川、西の箱崎《はこざき》が晴れていようと、大川《おおかわ》のただなかに、鳰《にお》の浮巣のようにただよう中洲は、春なれば花の色ます紅雨、糸雨、八重雨、袖時雨《そでしぐれ》、夏は白雨はげしく、秋や九月の黄雀雨《こうじゃくう》、冬の凍雨は骨を嚙み、暁雨に明けて、つれづれと降り暮らし」後のほうは謡曲でもうたうようにくちずさみつつ、足を速めるでもなく濡《ぬ》れそぼち、老人のひとえの背は、痩《や》せた貝殻骨のかたちをあらわにした。

老人にさそわれなければ、そこらの軒端で走り雨をやりすごしたものを、舟也《しゅうや》もまた、セルのひとえから薄い肉をとおして骨まで濡れた破れ傘のようで、風邪をよびこみまた発熱するかと思いもするが、身をいたわるほどの気力もわかない。

雨に降りこめられてか、人の行き交いはほとんどなく、雨樋《あまどい》のつまった軒から雫《しずく》がたれ、朽ちたどぶ板を越えて水があふれる。

「おかげで、苔《こけ》と黴《かび》だらけだ」

染め抜いた勘亭流《かんていりゅう》の文字がにじんで流れだしそうな幟《のぼり》がしおたれた、さびれた芝居小屋は、何年も木戸を閉めたままのような風情。

生け垣越しに藤の花房がみごとな住まいの前をとおる。「絞りあげ絞りあげてや雨の藤」老人はくちずさみ、「まちがっても、その木戸を開けてはならない」と、杖の先で枝折戸をさした。

「魔性者の家だ。男とみると、誘い入れる」

「ご婦人ですか」

唇をひきむすんで、むうとうなずき、「行き場を追われた魔性、化生が、中洲に寄り集まってくる」

やがて、このあたりには珍しい門構えの前で老人が立ち止まったときは、雨は小止みになっていた。

道端の手入れはゆきとどかず、雨に勢いを得た雑草が溝のはたに生い茂り、大門の扉をかくさんばかりに葉を繁らせた烏蘞苺《やぶがらし》の蔓《つる》は門の屋根にまではいのぼる。鬱蒼《うっそう》とおおいかぶさる葉のあいだに、淡い紫の花がたわわ。野の龍胆《りんどう》にまがう筒状のそれが烏蘞苺の花であるわけはない。このうっとうしい雑草の花どきは真夏。黄緑色の小さい花が一塊ずつのはず。

大戸は烏蘞苺の蔓に幾重にも封印され、わきのくぐり戸から老人は招じ入れた。

まず目に入ったのは、前庭の石畳を真紅に埋め尽くした落ち椿である。ただひともとの八重椿が盛りを過ぎ、へりはやや茶色に枯れた花びらが、降り積もり落ち積もり、厚い層をなし、下のほうは腐爛《ふらん》して溶けはじめ、雨のなかを踏む足元で血の色をにじませる。雨の重みにたえかねて、また一輪ほたと、緋《ひ》に緋をかさねる。門から母屋まではほんの一間もなく、前庭とよぶのもおこがましい空き地だが、落ち椿の海は、一瞬、果て知れぬ広大な虚無をひろげたのである。

入母屋《いりもや》造り黒瓦《くろかわら》、和風の屋敷の、大玄関の左手に青い釉薬《うわぐすり》をかけた洋瓦の洋館が一つ、とってつけたようなのは、ほかの家並みにそぐわぬモダンな建築だが、荒れている。木製の鎧戸《よろいど》でとざされた洋館の窓も、来客用の唐破風《からはふ》の大玄関も、人の訪れはとぼしいのか、烏蘞苺の跳梁《ちょうりょう》にまかせ、屋根の近くに混じるおびただしい薄紫は、桐の花と知れた。

奥まった内玄関の軒先に、朽ち倒れそうな樹木が立つ。丁字型の支柱でささえられた折れ曲がった幹は、芯《しん》が腐りほとんど空洞で、荒い簾《すだれ》のような樹皮がかろうじて根につながり、いのちの養いを吸い上げる。

その古木の梢《こずえ》が、母屋から門の屋根にまでひろがり、淡い紫の花をみごとにつけているのであった。

彼はふと昏迷《こんめい》をおぼえた。落ち椿、桐の花。このたたずまいに、既視感があった。記憶の底から、けむる桐、真紅の落ち椿が瞼《まぶた》の裏に顕《た》った。

このような老い朽ちた樹ではなかった。すこやかではあったが、幹の途中で折れ曲がり、臥竜《がりょう》のような姿を支柱でささえられていた。

遠い記憶ではない。その家に滞在していたのは、つい先頃まででではなかったか。

められていた。


玄関への道は、行き来の跡をしめして、落ち椿はかきわけられ、雑草も踏みかためられていた。

痛《つ》ゥと老人が声を上げたのは、犬を地におろし、引きちがいの格子戸を開けるその足首を、またもしつっこく嚙んだためだ。

よほど建付が悪いとみえ、きしきしと敷居が削られるような音をたてた。

半坪ほどの三和土《たたき》に二畳の取次は、深更のように暗い。

家人の出迎えはなく、土間に老人は下駄《げた》を脱ぎ捨て、「あがりなさい」と言う。濡れた鼻緒の黒が素足ににじんでいた。

「着替えるといい。ありあわせだが」

ゆきずりの者が着替えまで無心ではあまりにあつかましいと、「いえ、けっこうです」遠慮はしたものの、乾いた布が恋しい。

中廊下がまっすぐにのび、その奥は闇だ。両側は襖《ふすま》と板戸がならぶ。片側は座敷、反対のならびに茶の間や水回りというつくりと見当がつく。

裾をしぼり、泥はねにまみれた素足を手拭《てぬぐ》いでぬぐって、それでも取付の畳に濡れた足跡がのこり、気がひける。

襖のほうに目をやると、鋭敏に気配をさっし、「そっちはいけない」のぞきもしないのに、老人は制《と》めた。「開けると、機嫌が悪くなる」

「犬がですか」

「犬?　いや」

足元にからまるのを邪険に蹴飛《けと》ばし、「さあ、お入り」と、右手の板戸を開けると、その先は大玄関のホールで、踊り場まで吹き抜けになった大階段の手すりが、暗いなかに曲線をえがく。

富崎玉緒の家にはじめて招じ入れられたときは、大階段をのぼった、と、彼はつかのま、記憶のなかをさまよう。

彼の生家は地方の小さい呉服屋で、彼は家業の助けにもならぬ四男坊。しかも、大病こそしないものの生来虚弱とあって、いようがいまいがだれも気にとめないあしらい、それでも取柄はあるもので、唯一、絵がうまかった。田舎の大人たちが、うまいとみとめるくらいだから、つまりは、ものの姿をいかにもそれらしく似せて描くだけの才だが、吉田屋の舟坊は絵にかけては神童だと、もてはやされた。

写実の写生もこなしたが、それより好きなのは絵草紙の模写で、檀那寺《だんなでら》の和尚の権妻《ごんさい》が幼い彼をかわいがってくれ、その女が絵草紙好きで、なかには責め絵、あぶな絵もあって、そのかずかずをまねして描きながら、子供心に、これは人に見せてはいけない絵とこころえていた。

小学校を出てからは、高等科までもすすませてもらえず、家の仕事の使い走りなどしながら、暇々に描いたものが県の美術展に入選したから、まわりが黙っていなくなった。

東京にいかせて、しかるべき師につかせたら、いずれはひとかどの画伯、県の名誉にもなると、知事や県議も名前ばかりは貸し、後援者がてはず万端ととのえ、出世の名誉のという欲に乏しい彼を、鯛《たい》の尾頭、万歳三唱、出征兵士もどきに、無理無体に背中を押し出した。

本郷《ほんごう》の安下宿の一間を借り、洋画はなじめず、日本画の画学校に通いはじめたものの、田舎の天才も、都にくれば十人並みの凡才、かくべつ抜きんでているわけでもない。ただ、色使いが、どことなく妙だと、師も言った。菖蒲の濃紫、牡丹《ぼたん》の紅、藤の白、どれも蛇の鱗《うろこ》のような肌合いを思わせるのはなぜだ。それがいいとも悪いとも言いはしなかったが。

郷里では、上京したらたちまち帝展入選、新聞に名前がのってと期待がふくらみ、はちきれんばかりにふくれあがっても、いっこうに芽がでず、人の口の端にものぼらぬ。

しびれをきらして、もう援助はしないと縁切りを言いわたされたころ、彼は、まだ二十前ながら、本名も雅号もかくし偽名で描く小説雑誌の挿絵がけっこう人気を得、注文が多くなっていた。しかし、これは、大画伯の生誕をねがう郷里の望むところではない。画家のあいだでも、金になる挿絵を食うために描くのは堕落とみなす風潮が強く、彼はまわりの仲間には挿絵画家であることを秘めていた。

雑誌に載る大衆小説は、煽情《せんじよう》的なものが多かった。異常な愛欲、畸形《きけい》、残虐。読者は貪欲《どんよく》にそれらの刺激を求め、その風潮が強まれば強まるほど、官憲の取締りもきびしくなり、発禁すれすれのあたりで網をかいくぐらねばならない。

挿絵もまた、劣情を刺激してはならぬという掟《おきて》で縛られる。そうかといって、穏便な凡庸な絵では作者も読者も承知しない。

彼の挿絵を、さる通俗小説の大家が、たいそう気に入ってくれた。嫋々《じようじよう》とした文章で奇怪な淫楽《いんらく》の世界を描くこの作家が肩入れしてくれたおかげで、彼は変名のほうで、一部の人々に知られるようになった。

徴兵検査でいったん郷里に帰り、肺浸潤のうたがいがあると丙《へい》種不合格になったのを、生き恥さらすごくつぶしと周囲のだれかれ、表立って罵《ののし》りはしないが、きこえよがしの非難に、のぞんで虚弱に生まれたわけではなし、と思っても、口に出してあらがうには、悪口は影のようにつかみどころがなく、だれもが面とむかえば、大事におしよ、と口綺麗《くちぎれい》だ。なに、兵隊さんにならなくとも、御国にご奉公の道はいくらでもある。なぐさめるつもりだろうが、剣でえぐられるようなものだった。

肺浸潤といえば、伝染するときらわれる肺結核の初期。そんな病人を家におくのは、外聞も悪いし、家人まで村の者にうとまれる。東京のほうが、腕のいい医者がいるだろう、みてもらえばいいと、なかば追放処分で、ほうほうのていで東京に、このたびはのぼるというより懐かしい家に帰るような心地で、もどってきた。医者にみせると、肺浸潤は軍医のみたてちがい、かくべつ、結核菌におかされてはいない、栄養に気をつけ、もう少し肉をつけろと、無罪放免の診断に、よかった、よかったと喜んでくれたのは、くだんの大家で、「きみのような虚弱者は、鉄砲をかついだだけで、死んでしまう」大げさないいように、苦笑をかえすほかはなかったが、「きみをぜひに紹介してほしいと、あるご婦人に頼まれていたのだ。あいにく、徴兵でと言ったら、まあ、絵描きさんが新兵さんですか、無惨だわ、と、蛾眉《がび》をひそめたもうたよ」

〈元気な兵隊さんはだれでも好きだが〉と、レビューでおぼえた歌が耳をよぎり、〈そのなかでも一番可愛い二等兵、二等兵はえらい大将の卵、これからえらくなる二等兵〉とんでもない、大将の卵は士官学校出で、最初の第一歩からちがう。それでも、レビューの歌手は気楽に、〈どんなえらい大将も、毎日はじめは、鉄砲肩にオイチニ、毎日、オイチニ、大将となるにも、はじめは二等兵〉

「入隊したら二年間は籠《かご》の鳥だわ、紹介してはいただけないのねと、がっかりしておいでだった。ぶじに不合格はめでたい」と、憲兵に聞かれたらおいこらでひっぱられそうなことを口にし、もっとも、この大家はきわめて小心で、口がすべった、内緒だよ、と言わでもがなの駄目を押したのだった。入営のつもりで仕事はことわっていたから、ぽっかりと時間が空いてしまった。夫人にひきあわせると、大家は言ったのだった。

「こっちだ」と、老人は大玄関の広間をよこぎって、洋風の扉を開けた。

2

黴と湿気のにおいがただよう。

壁付きのスイッチを入れ、天井の電燈《でんとう》をともす。ガラスのシャンデリアといえば豪《ごう》奢《しゃ》だがありきたりの意匠の、ガラスの花びらは埃《ほこり》に黒ずみ、ひびが走り、欠け落ちて豆電球がむきだしになり、その幾つかは切れて灯《とも》らない。

外から見て一棟だけとってつけた洋館の内部がこの部屋で、本来は応接間なのだろうが、椅子とテーブルのセットは隅におしやり、何年も洗ったことのないような敷布ごと丸めた蒲団《ふとん》が長椅子のきわにおしつけてある。ここで寝起きしているのだろうか。

ぞわぞわと、ものの気配を感じた。おびただしい視線は、すべて人形であった。

古びた這《は》い這い人形、御所人形、芥子《けし》人形、三つ折れの姉様人形、市松模様の振袖《ふりそで》を着たやまと人形。

母屋から突き出した洋間は三方に窓があるのだが、鎧戸《よろいど》をとざした上に厚地のカーテンをひき、どのみち外光を導きいれる役にはたたないと見放したかのように、棚を置き、そのすべてを人形がしめている。隅におしやられた椅子やテーブルの上にも人形はひしめいていた。

玉緒の居間も、人形があふれていた、と思い出す。

送ってくれる人がいて。そう、玉緒は言ったのだった。そして、そのとき、配達人が包みをとどけ、玉緒は彼の前でひらいた。桐の箱に、身の丈五寸ほどの童女姿の御所人形がおさまっていたのだった。

この光のささない洋間で、人形の占拠をわずかにのがれているのは、手回しの蓄音機とレコードを積み重ねた棚だけで、その上の小さい置き時計に目をやり、針が一本なのに気がついた。前面のガラスがなく、長針がとれていた。「着替えるといい」

老人の好意だが、せめて洗って糊《のり》づけでもしてあることか、皺《しわ》になったまま蒲団の上につかねてあった古浴衣《ゆかた》だ。そえてくれた兵児帯《へこおび》も、ところどころ裂け目が走る。

「着なさい。濡《ぬ》れたものをつけているのは、身に毒だ」

無理強いに歩かされなければ、これほど濡れとおることはなかったのだと、いささか恨みがましくもなるが濡《ぬ》れ衣は気色悪い。骨の芯《しん》に熱がこもり、食い荒らされるように痛いので、しかたなく、くたくたの古浴衣をまとう。

玉緒がととのえてくれたのは、上質の麻だった。大家にともなわれ、はじめて訪れたとき、前庭に桐と八重椿がさかりだった。毒々しいほどの紅と淡いほのかな紫であった、と思い出す。

なんと淋《さび》しいと、田舎育ちの彼でさえあきれた王子《おうじ》村のはずれであった。卯《う》の花くたしの雨もよい、人力車に相乗りで、「年の夜や王子へいそぐ小提灯」抱一の句だ、と大家――と一々記すのも大仰だから、イニシアルをとって、Nとでも呼ぼうか――Nは、言った。きょとんとしている彼に、

「年の夜とは、大晦日《おおみそか》の夜のことだ。まだ年の瀬は先のことだが、それ、その大榎《おおえのき》と、枝を四方にのばした大樹をさした。「狐火の陰々と青いのが、深夜、集まってくる。関八州《かんはっしゅう》の狐たちが勢ぞろいし、榎のもとで装束をととのえ、位をさだめ、王子稲荷《いなり》に詣《もう》でる。だから、あの榎は」とすでに背後に遠ざかった古木をさし、「装束榎とも呼ばれる。雅《みやび》だな」

富崎の本宅は小石川《こいしかわ》の屋敷町と聞いたが、その夫人は、なにゆえこのような侘《わび》住まいか。表札さえ、『富崎寓』と、妾宅《しょうたく》のようにつつましかった。Nの言葉では、玉緒は本妻だという。

男爵だったか子爵だったか、田舎の小藩の藩主が名目だけでも倒幕のほうについた

ので、その家老かなにかだった富崎なにがしも、維新のあと華族のはしにつらなった、という家柄だと、Nもうろおぼえで、敬意のこもった声音ではなかった。

青畳のにおう座敷から眺める庭は、池に築山《つきやま》、石燈籠《いしどうろう》と、定石どおりの作庭だが、手入れはゆきとどかず、雑草が伸び放題で、「罪人ですから」と富崎夫人玉緒はうっすら笑まいをみせた。「贅沢《ぜいたく》はしませんの」

女のからだを知らないわけではない。本郷の下宿のそばの蛇屋横町に、「仕立物致し升《ます》」の看板、その稼ぎを若い学生につぎこむのがなによりの楽しみという奇特な後家がいて、仲間にさそわれ、手引きをしてもらい、商売女はおやめなね、悪い病気になるよ、といさめられたのが、かえって火をつけ、女にもらう小遣いで悪所通いをかさねもしたが、いっこう悪ずれはせず、まして、相手が華族の奥様とあっては、聞いただけで、うっとうしくなった。

罪人の一言は心の隅にひっかかった。しかし、こちらが好奇心にかられるのを見越したような思わせぶりが癪《しゃく》にもさわり、みかけの華奢《きゃしゃ》にあわず強情でもあって、意地でも訊《き》くものかと、目を潦《にわたずみ》に投げていた。

Nは昵懇《じっこん》のあいだがらで、事情をよく知っているとみえる。知らぬことなら、得心いくまで遠慮会釈なく問いただすだろう。官憲の制圧などにはいたって臆病《おくびょう》なくせに、好奇心はむしょうに強く、世話好きが度を越しておせっかいでもある。

「こんなお若い方だったのねえ」

中年の女――夫人はばあやと呼ぶ――が盆にのせて運んできた水羊羹《みずようかん》とお薄をすすめ、

「あなたの指は絵描きさんにしては太いのね」と玉緒はしげしげと見た。

「指だけに、労働をさせていますから」

せいいっぱい、気のきいたことを言ったつもりが、玉緒には通じなかった。Nだけが、笑った。いささか軽んじた笑いだと、彼は敏感に思った。Nが彼の絵は愛《め》でながら、どこか彼を軽く見ているのに気がついていた。年の若いことも、田舎出であることも、Nに優越感をもたせる種になっている。

人力車を待たせてあるからと、Nは早々にひきあげ、彼ひとりが、虜囚《りょしゅう》か人質のように取り残された。

「年の暮まで逗留《とうりゅう》なさいな」

「装束榎の青火《あおび》の勢ぞろいを見物するんですか」

「ご存じなの？」

「先生から聞きました」

「Nさん？」

「はい」

「あなたに、その絵を描いていただきたいわ。冬の闇いっぱいに、蛍をはなつようですって」

蕭々《しょうしょう》たる冬の深更、星明りに浮かび上がる、葉の落ちつくした榎の梢《こずえ》。はせ参ずる妖艶《ようえん》な白狐の群は、画趣があると、彼も思った。

しかし、重い晩春のよどみから、凜乎《りんこ》とした寒冷の夜までの逗留は、あまりに永い。

画学校の先輩のなかには、田舎大尽の家に招かれ、襖絵《ふすまえ》、屏風絵《びょうぶえ》を描き、寺の格天井《ごうてんじょう》の絵を描く。知人への紹介状をもらって、また次へと、旅から旅で稼ぐものもいる。

Nを介して富崎玉緒が彼を呼びつけたのも、絵の依頼であった。

画題はこれと玉緒が切り出したのはNが待たせてあった人力車で帰路についたあとで、一葉の写真をみせた。

陸軍の士官、肩章でみれば少尉か、庇《ひさし》まぶかに月の眉《まゆ》をかくし、軍刀をついて立った姿は凜々《りり》しい。

この家に、住人は玉緒とばあやに、料理人がひとり。料理人は初老の男で、これは勝手にこもり、ほとんど奥には姿を見せず、ひ弱な彼よりよほどたくましい骨格をもったばあやが、力仕事はすべてひきうけ、座敷のまんなかに紫の毛氈《もうせん》をのべるなどは、仕事のうちにも入らないようで、気働きもあり、絵絹をのべ、朱、紅、淡紅、群青、碧、数々の顔料、平刷毛《ひらばけ》から面相と筆も手落ちなく、「この人の絵姿を」と、玉緒は言った。

「軍服姿は、ことさら描いていただかなくても、この写真があります。前髪の、若衆姿にしてくださいな」

いきなり絵絹に筆をおろしもならず、画帖《がじょう》にざっと下絵を描けば、「ええ、ええ、それでよくってよ」肩越しにのぞきこみ、首筋に、玉緒の後れ毛が這《は》った。「それを、絵絹に描いてくださいな」

あなたは、人を描くとき、まず裸体を描いて、一枚ずつ着物を着せていくって、Nさんが言ってらしたけれど、本当なのね。

師から、その手法を教えられましたので。

曙染《あけぼのぞ》めの大振袖《おおふりそで》に、前髪の、「あなた、衣紋《えもん》を少しぬいて、片肌あらわに描いてちょうだいな」

ああ、いいのねえ、と嬉《うれ》しげに、「そしてね、ざっくりと、切り傷をつけてちょうだい。肩から袈裟《けさ》がけにね。乳のあたりまで」

その夜は、吉原《よしわら》の座敷持ちもかくやとばかりの、二枚重ねの絹布の蒲団《ふとん》。画室となった座敷の次の間に敷かれ、玉緒はしのんではこなかった。

前髪の若衆に変じた陸軍士官を描きあげるまでに一月の余、かかった。とちゅうで、ああしろ、こうしろと、玉緒が口出しをするからで、ようやく擱筆《かくひつ》したとき、前髪の士官は、顔面の肉落ち、まなこ窪《くぼ》み、半顔髑髏《どくろ》、のこる半面に美男のおもざしの名残をとどめ、肩口ばかりか腹まで達した傷が膿《う》み爛《ただ》れ、青紫やら朱紅やら、金までまじえて、腐爛《ふらん》の華が半裸をかざっていた。

その間、三度三度、上《あ》げ膳据《ぜんす》え膳《ぜん》、料理人は腕利きで、まかせたきりの献立が、もたれず、直《ちょく》にすぎず、玉緒が勝手口に立つのは、天秤《てんびん》かついだ魚屋が御用聞きにきたときばかり。

井戸端に盤台をおいて蓋《ふた》をとるのをのぞきこみ、氷のかたまりのあいだに並ぶ魚の、何を購《あがな》えと指図はしないが、出刃包丁で頭を断ち落とし、腹をかっさき、玉虫色にあふれでるわたを、きれいだわねえ、と無邪気だ。

打首、切腹、骨をさらして、まるで千住《せんじゅ》の小塚原《こづかっぱら》だわねえ。

小塚原がどういうところだか、知っているんですか。

ええ、知っていてよ。罪人の首をはねたところでしょ。死骸《しがい》は丁寧に弔わないで、いいかげんに埋めるから、雨が降って土がながれると、骨がざくざくでますって。いまでもよ。

おろすところを見たいばかりに、丸々一尾買い上げて、半身ばかりをうけとり、あとは魚清、おまえの夕餉《ゆうげ》にしたらいいわと、気前がいいとも、贅沢とも。で、魚屋は、仕入れた荷をかついで、まずこの寓居《ぐうきょ》に参じる。

まれに、電報がとどく。電話はひいてない。差出人は玉緒の夫富崎氏で、彼が居候をするようになって初めて電報が来意を告げたのは、一枚目の絵ができあがってほどないときだった。

「旦那《だんな》様の目にふれないようにしなくてはね。でも、まだ絵具がかわいていないのね。どうしよう」玉緒はおとがいに指をあて、首をかしげる。

描き上がってみれば、彼の目にも、どうにもいかがわしい代物だ。

しかし、玉緒の考えはちがった。せっかくの絵を、旦那様は悪しざまに軽蔑《けいべつ》するに決まっている。だいじなものを、視線と言葉で汚されるのは嫌だというのであった。

「旦那様が悪口を言ったら、わたし、また、殺してしまうもの」

聞き捨てにするにはぶっそうな言葉を口にし、仮表装もしていない血なまぐさい修羅の絵は、ばあやの入れ知恵で季節にはまだ早い葦簀《よしず》の戸にそっと貼り、納戸にかくした。

抱えの人力車でのりつけた玉緒の夫は、四十代の終わりか五十を過ぎたか、教養ありげな美髯《びぜん》の紳士で、肥満しているにもかかわらず、いささか神経質そうではあった。

画材は二階の座敷に運ばれ、そこを画室として使っていたというてい。階下の総檜《ひのき》の座敷にくらべれば、床柱も天井も、材も造りもやや落ちる。画家をひきいれ絵を描かせるのは、主《あるじ》は気にかけないが、あしらいは、分相応に。

無名の絵描きなど、物乞《ものご》いも同然、いらぬ絵をおしつけがましく、とみなしているのが言葉の端々にあらわれ、まともに腹をたてる気にもならない。いつかは見返してやるという意地も起きず、棲《す》む世界がちがうとしか感じられない。

食事も共にはせず、まず主のための膳部《ぜんぶ》がととのえられ、玉緒は下座にひかえて酌と給仕につとめ、ときおり団扇《うちわ》で風を送る。梅雨にかかり、雨あがりのうっとうしい蒸し暑さは、団扇ぐらいでは退けられぬ。主が空になった茶碗《ちゃわん》をぬうと突き出す前に、玉緒は気働きよく盆をさしださねばならぬ。

食事がおわり一休みしたころ風呂《ふろ》の湯がかげんよく沸き、檜の湯船で富崎が汗を流すあいだに、玉緒は彼とともに、座敷とは中廊下をへだてた茶の間でそそくさと夕餉をとる。

屋敷の奥様というのは、こんなに旦那様に仕えるものなのかと、田舎育ちの彼は思う。

「このほうが楽しいの。嫌な人と食べたって、胸をとおりゃしないわ」

ばあやがかたわらにひかえて、彼と玉緒の飯を盛る。いつもなら、五皿は料理がならぶのだが、富崎滞在のあいだは、夕餉でも、富崎のほかは一汁一菜。妻の贅沢《ぜいたく》を富崎は嫌うという。

それでも、お手当てはたっぷりなんですよ。ばあやが目配せして小声で言う。旦那様は、ものの相場をご存じないから、どれほどつましくしても、このくらいはかかりますと申せば、帳面をみせろとまではおっしゃいません。ですから、旦那様がご本宅にお戻りになったら、また、清さんのもってくる鰹《かつお》でたたきをつくらせましょうから、今日と明日だけ、青菜の煮浸しや納豆で辛抱してくださいまし。

つましい食事は、彼はいっこう苦にならなかった。生家は貧しくはないまでも、食事に贅をこらすことはなく、まして上京してからは、下宿の賄いときたら、漬物と味噌汁《みそしる》に芋の煮ころがし。それで不足はなかった。この家にきて、口の奢《おご》りを知ったが、美味すぎてあきるほどだ。煮浸しに白飯のあっさりした食事のほうが、胸にもたれない。

やがて、湯上がりの富崎は、猿股《さるまた》ひとつ、夏も冷たい井戸水にひたして絞った濡《ぬ》れ手拭《てぬぐ》い、ばあやが用意したのを肩にかけ、縁側に大あぐら、その背中から、玉緒が団扇で風。そのあいだ、彼は茶の間にひっそくし、あいだの襖は開け放ってあるので、うっすら汗ばんだ玉緒の背が目に入る。

脛《すね》を手のひらでたたいて、「蚊遣《かやり》」と、主は一言。玉緒は困惑の目をばあやに投げる。「まだ用意してございませんで」とばあやは恐縮する。「こちらにまいったのが、去年の秋。藪蚊《やぶか》もおりませんでしたので」

「気がきかぬ。こうも草が繁っては、藪蚊の巣のようなものだ。くると知らせたら、すぐにも、蚊遣を用意しないでは困る。草取りぐらいしておけ」

「はい、植木屋を草取りに呼びましてもようございますか」

応対はもっぱらばあやで、玉緒は力なく風をおくるばかり。

「植木屋？　罪人が贅沢な」

主の目は、中廊下をこえて、彼にまでとどいた。

「男手はあるではないか。Nから聞いたが、なんとやらいう絵描きの絵が気に入って、呼び入れて描かせているそうだな。絵なんぞ描かせる前に、草をむしらせろ。只飯《ただめし》を食わせて養っているのだろう」

こちらへこいと、富崎は彼の名を呼んだ。先に目通りはすんでいる。Nは主に彼を言うに、徴兵検査もとおらなかった、男の数に入らない生まれぞこない、奥方の側においたところで、なにも不都合はない、などと形容したらしい。なるほど、生まれぞこないの、ものの役にたたぬやつと、主は己の目でもたしかめ、茶の間に追い払ったのは、捨て犬のあしらいに似たのだった。

薄い胸の襟をかきあわせ、敷居をこえて座敷に入ると、草をとれ、と命じられた。

それより早く、玉緒が庭に素足で下りた。

「舟《しゅう》さん、あなたはいいの」かがみこんで根を張った草を引く。主に会釈もせず腰もかがめず、彼も庭に下りた。

土は湿っていた。

「はこべら。ねこじゃらし。ぺんぺん草」

彼は名を教えた。三味線の撥《ばち》に似た三角の小さい莢《さや》を少しむいて、茎からいくつもぶらさがったやつを振ると、かすかな音をたてる。珍しくもない子供の遊びを、玉緒はおもしろがり、茎をつまんで耳元で振り、しゃらしゃらという音を楽しむ。年にふさわしい幼い表情になった。

身につけたひとえは留袖《とめそで》だし、髪も大人びた夜会巻、十七、八にはなっていようと思ったのだが、何の話のついでだったか、明けて十三になったのだとばあやから聞かされた。去年の春、望まれて、数えの十二で富崎に輿入《こしい》れした。生家の父親は平素は役所づとめながら在郷軍人であることを誇りにし、肩書の士族が平民への蔑視《べっし》と華族への敬意をもたらし、富崎からの求めを光栄とした。

写真の主はだれなのかとたずねることができるほど、親しくなっていた。長兄だと、玉緒は言った。できがよくて職業軍人の少尉。幼いときから、末子の玉緒はかくべつに可愛がられた。そんな話をしながらも、玉緒は、兄を模した若衆を斬りさいなみ、無惨な髑髏《どくろ》顔に変貌《へんぼう》させていくよう、命じたのだった。

座敷に背を向けてふたりはかがみ、草をむしりながら、ともに藪蚊に刺された。

「送られてきたものだ」おびただしい人形を指して、老人は言った。

3

「約束を守ってくれたのだよ」と、老人はつづけた。「毎年、一つずつ。大晦日《おおみそか》の夜に、便りをたずさえた使者のように、人形はとどけられた」

隅におしやられた椅子を、蒲団《ふとん》を敷くためにあけてあるのだろう空間にひきだそうとして、手を貸してくれと老人は言った。

うない髪にした青い振袖《ふりそで》の人形がゆれて椅子から落ちそうになるのを、老人は抱きとった。

そして、椅子を動かすより、この方が早いと、丸めてある蒲団を敷きのばし、「座蒲団がわりだ。床にじかに坐《すわ》るよりいいだろう」と、あぐらをかき、彼にも坐るようすすめた。

「贈り主は、どなたですか」彼は訊《き》き、「立ち入ったことでおいやでしたら、うかがわなくてもいいんですが」とつけくわえた。

もともと、好奇心の強いたちではなかった。好きな絵を描くことのほかに、関心を持たないのでもあった。

Nをはじめとする、彼の絵を受け入れ、称賛してくれる小説家たちにしたところで、その日常は、彼の目から見ればいたって索漠としたもので、現実のなかでだれのようになりたいという願望も彼にはなく、まして、現実に即応して世間知をまなぶ気もない。現実者からみればたわいない愚かな夢想のなかにたゆたっていられれば満足なのだし、食べるだけのことは、他人に迷惑をかけず稼いでいる。だから、ほかのことは放っておいてほしいのだが、世間はそれが気に入らず、なにかと干渉してくる。自分のまわりに障壁を築くのに苦労した。他人をよせつけぬというほど狷介《けんかい》、強靭《きょうじん》ではない。押されれば、はね返す力はなく、押されたなりに凹《へこ》み、棲息《せいそく》可能の域がせばまり、息苦しさをおぼえるのだが、玉緒といるかぎり、彼は楽に呼吸することができた。

だから、ときおり耳にとどく罪人という言葉も、何を意味するのか問いただすことを思いつきもしなかった。

屋敷の外に一足も玉緒が出ないことも、不思議にも思わなかった。出る必要は少しもない。

西洋には教養小説というものがあって、と、さかしらに彼に語ったのは、画学校の先輩であった。人生の経験に乏しい若者が、旅に出て世間にもまれ、次第に賢く成長するという骨組みを持つのだと、文庫本をふところに、その先輩はいっぱしの文学青年であった。

彼にとっては、現実は肌に荒い束子《たわし》のようなもので、なぜ絹の夢より亀の子束子が値打ちがあるのか、皆目わからなかった。

梅雨あけて熱気はげしい夏、リヤカーに氷塊を積んだ氷屋の訪れを、玉緒も彼も待ち焦がれ、「まいりましたよ」ばあやの声に、台所までいって、汗みずくの氷屋が筵《むしろ》と籾殻《もみがら》で熱をさえぎった長方形の氷柱《ひょうちゅう》横倒しにしゃくしゃくと鋸歯《のこば》をいれ、七分がた切り目をいれたあとは、鋸の背でぽんとたたき割り、ばあやのさしだす金盥《かなだらい》にいれるのを見物する。

削り氷に毒々しい赤いシロップをかけて、匙《さじ》ですくって——ばあやは江戸っ子のなごりか、しゃじと言う——暑気払いに興じ、彼は次第に幼く、時を逆さにたどる心地であった。

富崎は月に一度か、二月《ふたつき》に三度ほどの訪れ。くるたびに、季節はすすみ、待宵《まつよい》、小望月、名月を今日の月とも呼びますって、と、芒《すすき》と団子をかざりながら、ばあやが耳学問をひけらかし、玉緒は人形を縁にならべ、月見をともにした。

季節の風雅など古くさい、西洋にはそんなならわしはないと、富崎は、子供じみた行事にはまるで関心はなく、月見団子はまずいの一言。閨《ねや》にともなわれた翌朝の玉緒は、あおざめ、一足歩くにも身をよじり、それをまわりに悟られるのは恥辱と思うのだろう、さりげなくみせようとつとめていた。

やがて秋風誘う葛《くず》の葉に、野辺の松虫うらみつつ、まねく尾花の袖《そで》みれば、露の玉菊月の影、水寒く野分の吹きすさんだ後は、落ち葉枯れ葉が樋《とい》をつまらせ、彼は梯子《はしご》を軒にかけ、鳶《とび》のまねごと、危ないこと、と玉緒ははしゃいだ声を下から投げ、落ちてごらんなさいな、脚を折ったら、よほど可愛がってあげてよ、敷石に頭をうちつけて死のうやもしれず、それで生が終わるなら、それでもいいと思いながら、高みに立つのは苦手で、目が眩《くら》んだ。

夜更けて玉緒が、彼の寝所の襖《ふすま》を開けた。銀河がみごとだから、見ようと言う。雨戸を繰り開け、末枯《すが》れた雑草がはびこり虫の音絶えた廃園のおもむきの庭に立った。

「旦那《だんな》様をね、わたし、縊《くび》ろうとしたの」

肌寒く、寝衣の袖をかきあわせ、玉緒はそう言った。

「それで、ここに遠流《おんる》よ」

「罪人というのは、そのこと？」

「あの、殺人未遂というのですって」

「いつ？」

「去年の秋だったわ。ちょうど、一年ね」

春に輿入れして、半年辛抱した。

腰紐《こしひも》を使ってうまく相手の首にかけたのだけれど、引き絞る力が足りなかった。

「だから、ここは、監獄のかわりなんだけれど、天国だわねえ」

ときたま、旦那様がきさえしなければ、どこにいるより、しあわせだわ。

あなたは、旦那様のようなことはしないもの。

真顔で言われ、彼は、衣ごしに手のひらにつたわる感触を、気にとめまいとした。

しかし、玉緒がとろりと頭をもたせかけ、彼の手を身八つ口から奥にみちびくので、からだの奥に蜜《みつ》がたかまり、くちびるをあわせた。

雑草を褥《しとね》として、銀河の下で歓《よろこ》びをかわした。

さしつらぬく視線を感じ、縁側に目を投げると、人形をずらりとならべた、その後ろにばあやがいた。

彼を居候させたのは、からだの芯《しん》をひらかぬ玉緒を、自然な形で熟させようという富崎のはからいであったと、ばあやは後で彼に告げている。

彼の絵に、玉緒が惹《ひ》かれ、呼びたいと言ったのは事実だけれど、富崎の承認がなければ若い男の同居がゆるされるわけはないと、世事にうとい彼もようやく思い当たる。

富崎は本宅に妾《めかけ》をおき、王子のはずれの別宅を本妻の流謫《るたく》の地とした。

しかし、富崎の思惑は、なかばはずれた。ばあやが報告したから、富崎は、幼妻がいよいよ開花したと、いさみたって訪れたのだが、歓びを知った玉緒のからだは、舟也にのみむかってひらかれ、暴君への嫌悪を強めた。

以前は、しぶしぶながらも言いなりに帯をとき、からだをまかせたものが、両の腿《もも》をかたく閉じあわせ、むりに膝《ひざ》を割り入れれば、這《は》って逃げる。その足首をがっしとおさえて、小さい拳《こぶし》をふるって抵抗するのをかるくよけ、おおいかぶされば、逃れるすべがない。

落花狼藉《ろうぜき》の物音に、彼は駆けつけ、「玉緒さん」襖を開ける。「無礼者」と、主《あるじ》は一喝。手込め同然とはいえ、玉緒の夫である。姦通《かんつう》罪の非はこちらにあった。しかし、「舟さん」と、玉緒のたえだえの声に、割って入って、踏みしだいた恰好《かっこう》の富崎を突き飛ばそうとしたが、逆手をとられ、身動きならぬ。

兵児《へこ》帯《おび》で柱に縛りつけられ、その前で蹂躙《じゅうりん》した。悔しさとともに、なぶられる玉緒を目にこちらも精がたぎるみじめさ。

いつもは一夜の逗留《とうりゅう》で帰る主は、もう一夜のばした。

逃げましょうと、主の耳をはばかりながら、彼は誘った。贅沢《ぜいたく》はさせられないまでも、女ひとり、絵筆で養えないことはない。どこぞに住まわせ、匿《かく》いとおしてみせると、現実の荒さを知らぬ青二才が、意気込みばかりは勇ましかった。

「なぜ？」と、玉緒は、目を見開き、「ゆうべの遊びは楽しかったじゃありませんか。あなたが縛り上げられて、わたし、ぞくぞくしたわ。わたしに絵心があれば、描くのにねえ」

二夜目は、主のほうがしらけた。おやめあそばして、の玉緒の悲鳴が、いかにも芝居じみてそらぞらしく、縛られる彼に目くばせして含み笑い。

憮然《ぶぜん》として主が立ち去り、彼とふたりになると、玉緒は肌をあわせたが、いささか物足りなさそうであった。ああ、退屈ねえと、玉緒は言うようになり、「少尉殿を縛りましょうか」彼にできることは、絵で慰めるだけ、毛氈《もうせん》をひろげてそう言っても、「そうねえ」と襟に顎《あご》をうめ、屈託ありげだ。

うっすらと初霜がおり、霜どけの泥道を人力車を走らせて主が到着したとき、玉緒ははじめていそいそと出迎え、夜の床に兵児帯を取りそろえたので、主は鼻白み、ひどく不機嫌になって、そのまま帰っていった。

「なにがいけなかったのかしらねえ」

玉緒は萎《しお》れ、魚屋がきても興味はしめさず、

「旦那様に電報をうってちょうだいよぅ」とばあやにねだり、しかし、主が訪れたのは、大晦日《おおみそか》の宵であった。

妻をいたぶりもせず、年越しの酒に酔いつぶれた夫の首に、もう一度、玉緒は紐をかけ、やはり力は足りず、はね起きた夫は玉緒を縛り、凌辱《りょうじょく》はせず、その翌日――元日早々、旧知の医師を寓居《ぐうきょ》に招き、方策を相談した。

おせちを肴《さかな》に屠蘇《とそ》のさかずきをかわしながら、「出養生が一番だが、奥さんはすでに出養生同様なのだから、このままにしといたらいい」医師は言った。そして、玉緒が紐をかけるとき、かたわらで手をつかね見ていた彼に関しては、「神経科の医者を紹介するから、診てもらえ」と言い、紐をかける玉緒のまわりに、青火《あおび》がもえたという彼の言葉は無視された。

彼はそのとき、血塊を吐き、結核の療養所に送られることになった。

「舟さん、あなたがどこにいようと、わたしは、便りを送るわ」

にこにこと、童女の笑まいを玉緒はみせた。

「そうして、毎年、いまごろ、人形がとどくようになった」老人は、彼に言い、痛ゥと、またも悲鳴をあげた。嚙《か》みついた犬を蹴《け》りはなすと、最後の一本の歯が、老人の足首に食い込んで残った。「犬も、老いの孤独に狂ったとみえる」

おまえがきたのだから、と、老人は彼に言った。「私は、座敷にこもろうよ」

よろよろと立ち上がり、歯のなくなった犬を小わきに、大玄関の広間をよこぎって、中廊下の闇を泳ぎ行き、片側の襖を開けた。一瞬、座敷の闇が流れ出、棲《す》みついた化生どもがざわめく気配をおぼえた。開けると機嫌が悪くなると老人は言ったのだったが、もはや生を捨てる者なら機嫌を損じもしないらしく、襖がとざされ、老人は消えた。

おびただしい人形とともに取り残された。

そのとき、内玄関に「届けものです」と声。配達人は化生のひとりか、印形も請わず、彼が出たときは、包み一つ、軒下に置かれていた。

玉緒の居間も、人形があふれていた。送ってくれる人がいて、と玉緒の言葉。

送るのは、おれなのだな、と彼は納得した。

この家の門柱にかかった表札の、雨ににじんだ墨の文字は、たしかに、彼の名前であった。

ここから送る人形は時空をさかのぼって幼い玉緒のもとにとどき、玉緒の送る人形はこの家にとどき、彼はこの家で老い朽ち、やがて、若い彼が、玉緒の家を出され、病院からの紹介状をふところに、中洲《なかす》にやってくるのだろう。そのとき、老いた彼は、座敷にはいることをゆるされるのだろう。

洋間に持ちかえって、包みを開いた。桐の箱に、身の丈五寸ほどの童女姿の御所人形がおさまっていた。口元が少しほころびて微笑し、のぞいた犬歯がちらりと青く光る。

幼い玉緒に、どれを送ろうか。いならぶ人形が、彼に微笑をむけた。

ゆめこ縮緬

1

泣かずに寝よとは、母が子を寝かせつける言葉であろう。

〈お母さま、泣かずにねんねいたしましょ〉

広縁の籐椅子《とうい す》にからだをあずけて、母はそうくちずさんでいた。

襖《ふすま》を開けひろげた茶の間で、夏休みの宿題の絵日記を書きながら、耳にとどく歌詞にわたしは違和感をおぼえた。

明日は父が帰国する。そういう意味のことを、わたしは鉛筆で記していたのだが、母もおなじことを歌っていた。けだるい哀調を帯びたメロディであった。


お母さま、泣かずにねんねいたしましょ。

明日の朝は浜に出て、帰るお船を待ちましょう。

母の姿は逆光に暗く、庭のカンナの緋色《ひいろ》黄色が、その周囲をあざやかに彩っていた。

三つの年から祖母の家に里子にだされていたわたしが、小学校にあがることになって実家に帰ってきた夏休みの、終わりに近いころであった。

藍《あい》の絞りの浴衣《ゆかた》、糊《のり》もとれてくったりとなったのを、母は胸元をゆるめてまとい、半幅の帯を低めに締めて、片手で団扇《うちわ》をつかいながら、目は放心したように庭にあずけ、歌っていることにも気づいていないようなようすだった。


お母さま、泣かずにねんねいたしましょ。

赤いお船のお土産は、あの父さまの笑い顔。


船で帰る〈父さま〉は、わたしたちの父と同じ外国航路の船の船長なのだと、わたしは感じ、違和感は歌詞があたえるのだと、気がついた。

明日お父さまが帰国するのに、なぜ、お母さまは泣くのか。そして子供のほうがわけ知り顔になぐさめるのか。たぶん、お父さまは、死んだのだ。船は明日港に着くけれど、お父さまの笑顔はない。お母さまはそれを知っている。子供も、ひょっとしたら、薄々感づいている。そんな物語が陰にある童謡なのだろうと思った。

茶の間のとなりの座敷では、弟が、書生の小谷に玩具の線路をいっぱいにひろげさせ、汽車を走らせて遊んでいた。汽車のセットは、前に父が帰国したときの土産で、玩具とはいえ独逸《ドイツ》製の精巧なもので、線路を組み立てるのは弟には複雑すぎた。父が航海にでているあいだ男手のない家になる。そのため、小谷をおいた。東北から、つてをたよって上京した小谷は、法曹界にすすむ希望を持ち、わたしの家で書生をつとめながら、夜学にかよっていた。豪華な汽車の玩具は、弟より小谷を喜ばせていた。

母が歌うのを、そのときはじめて聞いた。

2

わたしは、母に添い寝され子守歌を歌ってもらったりした記憶を持たない。年子で生まれた弟が病弱で手がかかったので、父方の伯父《おじ》の家に里子にだされたのだった。弟は先天性のヘルニアで、激しく泣くと皮膚の弱い臍《へそ》の部分に腹膜におおわれたままの腸が脱出するので、布でくるんだ硬貨を臍の上に固定され、少しの泣き声もあげないよう、たえずだれかがあやしていなくてはならなかった。お守りのねえやにまかせておいたら、泣き止まず、脱出した部分が腹腔《ふくこう》にもどらないで入院というひどいことになったので、それ以後、母がつきっきりで世話をすることになった。

そんなくわしい状態は、もちろん当時のわたしは知らず、ただ、弟は病気だから泣かせてはいけない、とだけ教え込まれていた。

伯父の家は、大川にただよう浮巣のような中洲《なかす》にあった。

そこでは、たいがい祖母が、そしてときどきは若い叔母《おば》が、添い寝してくれた。

祖母が歌うのは「柴《しば》の折戸のしずがやに、翁《おきな》と媼《おうな》が住まいけり」という、古い子守歌だが、父の末妹にあたる叔母は英語の私塾に通う女子学生で、英語で童謡を歌い、英語の童話本を訳しながら読み聞かせてくれた。

Sweet and low, sweet and low,
Wind of the western sea,

叔母の声は美声ではなく、金属的にきしんだ。そして、わたしは英語の意味はわからず、舌足らずに、スウィータンローと歌っていた。

父は外国航路の船長、叔母は英学塾の女子学生というと、当時の言葉でいえばずいぶんハイカラな家系という印象をあたえそうだけれど、伯父の家業は蛇屋であった。漢方薬もあつかっていた。祖父の代から、中洲で繁盛していたという。祖父はとうに死んで、長男である伯父があとを継いでいた。次男であるわたしの父は商船学校にすすみ、欧州航路の貨物船の船長になった。

伯父の妻は子を産まないで死に、家族は祖母と伯父、若い叔母。ほかに徳さんというのが通いで店番にきていた。薬草のにおいのしみついた、暗い店だった。蛇はどんなにおいがしたかおぼえていないのだが、なまぐさかったような気がする。本当になまぐさかっただろうかと思い返すと、自信はない。ぬめぬめした肌が魚のにおいを連想させただけのことかもしれない。

徳さんは髪の薄くなった鼠のような小男で、わたしはほとんど言葉をかわしたことはなかった。

店の土間の一部は網をはった格子で仕切り、蛇の檻《おり》になっていた。蛇は、檻の天井に蛇籠《かご》のようにわたした格子にからみつき、垂れ下がり、数匹がよじれあい、ときたまものうく動いた。

通りに面して、ガラスをはめた出窓があり、そこにはアルコール漬なのだろうか、液体をみたしたガラス瓶に色彩をうばわれ白茶けた蛇が窮屈そうに詰められたものがならんでいた。窓ガラスには白い腹をみせた蛇が模様のように貼りついていた。剝製《はくせい》のように動かないものでも、弾力とぬめりのある肌に、内部にひめた不気味な生命力がにじみでていた。

なんとか堂と店名はあり、その名を彫った分厚い木の看板もさがっていたが、近所の人は、ただ「蛇屋」とのみ呼んでいた。通りの名を蛇屋横丁というのも、伯父の店からきた呼び名であった。

伯父は蛇屋の旦那《だんな》と呼ばれ、祖母は蛇屋のおかみさん、叔母は蛇屋のハイカラさんで、わたしは、蛇屋のチャーちゃんと呼ばれていた。

店と家族の住まいは板戸で仕切られていたが、薬のにおいは戸の隙間からかすかに茶の間のほうにも流れていた。蛇のなまぐさいにおいもまじっていたようにも思うが、気のせいかもしれない。

茶の間の長火鉢の前で、伯父はしばしば煙管《きせる》をふかしていた。

無口で気むずかしい伯父はいささか煙たいけれど、祖母と叔母は、わたしの全部を、甘く包んでくれた。親から引き離されているのを不憫《ふびん》に思ったのかもしれない。わたしは少しもみじめではなかった。祖母と叔母に叱られたことは一度もない。叱られるような悪さをする必要もなかった。ふたりのどちらかのからだのぬくもりを肌近く感じていれば、満たされていた。

叔母の本棚には小説本や英語の絵本があり、祖母の茶簞笥《ちゃだんす》の抽斗《ひきだし》には古い絵草紙があり、いつおぼえたともなく、わたしは文字に親しんでいた。

祖母が食事の支度や片付け、掃除と立ち働くあいだ、わたしは気が向けば皿拭《ふ》きや雑巾掛《ぞうきんが》けを手伝った。強制されはしなかったから、遊びに似ていた。それから邪魔にならないところに居場所をうつしては、それらの本を耽読《たんどく》した。

叔母の書棚からもちだした大人の恋愛小説のページをくっていても祖母が叱らなかったのは、読めるとは思っていなかったからだろう。ふりがなのおかげで、接吻《せっぷん》も戀も、読めたし意味もわかっていたのだけれど。掃除が終わり祖母が縁側で縫物をひろげると、わたしはその膝《ひざ》の近くにぺたんと坐《すわ》って、本のつづきを読んだり、布のきれはしをもらって、祖母が糸をとおしてくれた針を運んだりした。

祖母は、古い切れを丹念にしまっていた。手箱の蓋《ふた》をあけると、手のこんだ刺繡《ししゅう》のある半襟や、裁ち落としの端切れがあふれでるのだった。惣菜《そうざい》の買物に出る祖母の裾《すそ》にまつわり、夕方叔母が英学塾から帰宅すると、こんどは叔母にまつわりついた。猫の子のように、わたしはかわいがられていた。

叔母の蔵書のなかでわたしが一番好きなのは、黒ずんだ柔らかい革表紙に草花の模様を金で箔押《はくお》しした小型の詩集であった。

下《お》りて来《こ》い、下《お》りて来《こ》い、
昨日《きのふ》も今日《けふ》も
木犀《もくせい》の林の中《なか》に
吊《つるさが》つてゐる

黄金《きん》の梯子《はしご》
瑪瑙《めなう》の梯子《はしご》。

その詩は、店の天井の格子から垂れ下がった蛇の群を、わたしの脳裏でほかのものに変貌《へんぼう》させた。

下りて来い、待つてゐるのに――
嘴《くちばし》の紅《あか》く爛《ただ》れた小鳥よ
疫病《えや》んだ鸚哥《いんこ》よ
老いた眼《まみ》の白孔雀《しろくじやく》よ。

「午《ひる》は寂《さび》し／昨日《きのふ》も今日《けふ》も」とわたしはそらでおぼえた。

幻の獣《けだもの》ども
綺羅《きら》びやかに
黄金の梯子《はしご》を下《お》りつ上《のぼ》りつ。

叔母の蔵書は、現実の日常を知る前に、暗い金色の象徴詩の世界をわたしに教えた。泰西の名画集もあり、なかでもわたしのこころをつかんだのは、ロセッティやワッツ、ベックリン、モローといった画家たちの夢想にみちた絵であった。

暗い海は
無花果《いちじく》の葉蔭《はかげ》に鳴る、
蒼白《あをざ》めた夜《よる》は
無限の石階《せきかい》をさしのぞく。

一の寡婦《くわふ》は盲《めし》ひ
二の寡婦《くわふ》は悲み
三の寡婦《くわふ》は黄金《きん》の洋燈《らんぷ》を持つ、
彼等《かれら》ひとしく静かに歩む
彼等《かれら》ひとしく石階を登る。

そんな詩は、ワッツやロセッティの浪漫的な絵の世界そのままであった。

――妾《わらは》は夜の波を聴《き》く
――妾《わらは》は亜麻色《あまいろ》の海を見る
――妾《わらは》は海鳥の叫びに驚く
病《なや》める薔薇《ばら》は
紅《あか》き花片を落《お》す。
――絶頂《いただき》に到らば市府《しふ》の灯《ひ》は蕃紅花《くろうかす》の如く
――絶頂《いただき》に到らば市府《しふ》の雨は真珠の如く
――絶頂《いただき》に到らば市府《しふ》の空は血の如きを見む

どの本を読んでも、子供がいじってはだめ、と叱られることはなかったけれど、叔母のノートをひらいているのを見られたときは、わたしが驚くほど嫌な顔をされた。人の日記を盗み読みするのは、とても悪いこと。指をたてて、そう言った。これ、日記なの？　英語の筆記体で書いてあるので、読めはしなかったのだ。

二階の叔母の部屋は六畳の和室に座り机を置いたもので、どこにも西洋の影はささないのだけれど、画集をめくり詩集を目で追っているあいだ、わたしは名を知らぬ異国にいた。階下におりれば、長火鉢を置き、障子をとざした部屋であった。そして、板戸のむこうには、蛇のたむろする店があった。怖いもの見たさに、ときどき表にまわって飾り窓をのぞいた。ガラス板が、わたしを保護していた。

商売物の蛇は、中年の男がとどけにきた。山でその男が獲《と》ってくるのか、蛇取りはほかにいてその男は仲買なのか、わたしは知らない。日焼けした顔と、細身の背広に中折れ帽の姿と、蛇籠《かご》をくるんだ大きい風呂敷《ふろしき》包《づつ》みは、三つながら釣合いがとれていなかった。

祖母が納戸の整理をしているとき、裾にまつわりついていたわたしは、紫色の平たい風呂敷包みをみつけた。見てもいい？　と訊《き》きながら、祖母が返事をする前に開いていた。中身は畳紙《たとうがみ》に包まれた白い縮緬《ちりめん》の小さい着物であった。

チャーちゃんが着るはずの着物だったのだよと、祖母は言った。初のお宮参りのために祖母が縫ったのだけれど、わたしの母は自分の実家から贈られた着物を着せたから、これは不要になったのだと、祖母は言った。もらってもいい？　と訊くと、もっと大きくなったらあげようね、祖母は言った。いつ？　チャーちゃんの赤ちゃんがお宮参りをするときに。そう言って小さい白縮緬の振袖《ふりそで》を畳みなおして畳紙に包み、さらに風呂敷でくるみなおして、押入の奥にしまった。

ほかに、小さい子供が、この家にいたことがあったのではないだろうか。そう、わたしは想像した。

わたしがもっと年がいっていれば、いろいろな場合を想像したことだろう。伯父《おじ》の妻が死ぬ前に産み落とした子供であれば、チャーちゃんのお宮参りと嘘をつく必要はない。世間に知らせることのできない子供。伯父のかくし子とか、あるいは、祖母が内緒で産んだ子供とか、そしてまた、若い叔母《おば》がひそかに産んだ子供であるとか。いずれにしても、幼くして死に、着物だけが残ったというような。

ずいぶん物語を読んではいたけれど、学齢前のわたしは、そこまで想像をひろげる知識はなく、叔母にたしかめた。あの着物、ほんとに、チャーちゃんの？

そうよ、と言ったとき、いつもわたしには笑顔をむける叔母の表情が、まるでわたしにたいして怒っているように、変わった。

おさえきれない怒りをぶちまけるように叔母が語った言葉を、後から得た知識とまじえて整理すれば、次のようになる。

わたしの母の実家は、昔、藩の典医をしていた家柄で、母は末娘であり、上に兄ふたり、姉がふたりいる。兄たちも姉の夫ふたりも、みな帝大出身なのに、わたしの父――母の夫であり叔母には次兄にあたる――だけが商船学校出、そして実家が蛇屋というのが、母の親兄弟は気に入らないのだそうだ。

母がなにかの折に父を見初めたという。母の親兄弟は、結婚をゆるすかわり、父に蛇屋との縁を切れと命じたのだそうだ。

だから、チャーちゃんのお父さんは、こっちの法事にも顔を見せない。海にでているんだから、まあ、仕方ないけれど。そのくせ、チャーちゃんが邪魔になったら、こっちに押しつけるんだから、勝手だわよ。

チャーちゃん、このうちの子になる?

叔母に言われ、わたしは即答できなかった。祖母と叔母は好きなのだけれど、やはりわたしはよその子なのだ。仮の住まいだと思うから蛇も気にならなかった。この家の子供になるというのは、蛇と家族になることだ。そう思って返事ができなかったのだ。

蛇売りの男がきたとき、たまたま伯父が留守だったのは、それからどのくらい後だったか。徳さんは茶の用意をしに台所に行き、男は店先でひとりでつくねんと待っていた。板戸を細く開けてのぞいていたら、手招きした。何匹も押し込んだ大きい籠とは別の、鶯《うぐいす》か目白にちょうどいいような籠を持ち上げて、わたしに見せた。

小指くらいの細さの白い小さい蛇がうずくまっていた。欲しいかと男は訊き、わたしは首をふったが、男は押しつけるように籠をわたしのほうにすべらせた。

そのとき徳さんが茶を運んできた。男は気ぜわしく籠をとれと目顔ですすめ、内緒だというように、指を口にあててみせた。

わけもわからず、わたしはうなずいてしまい、袖の陰に籠を抱いて、徳さんの目からかくした。

なにも、悪事ではなかったはずだ。もらった、と祖母や叔母にみせても、何の不都合もないことであったろうに、男の秘密めかしたしぐさに影響されただけのことだったのだけれど、わたしは籠をかかえてうろうろした。住まいは八畳と六畳の二間に台所、二階に叔母の部屋と納戸という造りで、伯父や祖母の目にすぐにとまらない場所といったら、二階の納戸ぐらいしかなかった。

翌日納戸をのぞいたら、籠はからになっていた。外のごみ箱に捨てた。

わたしが入学をひかえ帰宅することになったこの年の、前年の春にも、父の船が横《よこ》浜《はま》港に入り、家族そろって出迎えに行っている。わたしは叔母に港までつれられて行った。縁を絶つという約束は、わたしをあずけたときから、無効になったのだろう。港に写真師が出張し、だれかれとなく愛想のいい声をかけては、三脚の前に整列させ、撮影していた。父が上陸してから、洋食の店でいっしょに食事して、また祖母のもとに帰った。

父のトランクは家に直接送られたので、わたしが土産の包みをもらったのは、祖母の家に帰って数日たってからだった。郵便小包で送られてきた。紙幾重にも包まれた紙を、祖母はていねいにはがして折り畳み、紐《ひも》は巻きとった。紙の箱にかけられた黄金色のリボンもていねいに巻いて、それはわたしがもらった。箱のなかにはいっていたのは赤ん坊ぐらいの大きさはある西洋人形で、英学塾から帰宅した叔母を大喜びさせた。叔母は人形をだきあげたり頬ずりしたりした。

わたしが泣きだしたので、叔母も祖母もあっけにとられた。わたしは泣き声をのみこみ、近くの市場で買ってきてあった天ぷらの夕食をとった。西洋人形は、みなれた市松人形のような愛らしい顔ではなかった。きつい怖い顔に思えた。でも、わたしを泣かせたのは、怖さのせいではない。胸の底にとぐろをまいた嫉妬《しっと》だった。

父はまた船に乗ったのだが、それを見送った記憶もない。

何日かしてから、わたしが着るはずだったという白い振袖を人形に着せたいと、わたしは祖母にねだった。祖母はさからわず、納戸から包みをもってきた。畳紙をあけたら白蛇が這《は》い出たというような因縁話はなく、蛇はあのまま消えてしまっていた。鼠に食べられたのかもしれない。

淡い桃色の、襞《ひだ》かざりのたくさんついた洋服の後ろのボタンをはずし、すっぽりぬがすと、人形は小さい乳首とまるいお腹がむきだしになった。腕のつけ根と肘《ひじ》、腿《もも》のつけ根、首がそれぞれはめこみで、動かすことができる。振袖は人形に少し大きすぎた。付け紐で結んだ上から、祖母はありあわせの布をしごきのように結んだ。

塾から帰ってきた叔母は、どうしてこんなのを着せたの、似合わないわ、と気にいらないふうをみせたが、すぐ笑顔になり、チャーちゃんがふたりになったわね、と言った。大きいチャーちゃんと小さいチャーちゃんね。それこそ、小賢《こざか》しくわたしが考えたことだった。人形を叔母が可愛がるのは、わたしを可愛がるのと同じこと。そう思うことに、わたしはしたのだった。

叔母が庭で焚《た》き火《び》をしたのは、その年の暮れだったと思う。思い出すと、縁側に人形が足を投げ出して坐《すわ》り、ながめている光景が浮かぶ。叔母はノートを破いて、焚き火の炎に放り込んでいた。

3

年が明け、入学式が近づき、わたしは家に帰らされた。人形は叔母のもとに置いてきた。

弟のヘルニアは、泣かせなかったことがよかったのか、硬貨をはりつける必要はなくなっていたが、家族がひとり増えていた。妹が産まれていたのだ。奉公人もひとり増えていた。離れに寝ている赤ん坊——新しい妹——のために、看護婦がひとり住み込みで、つきっきりで世話をしていた。

生家にもどって、わたしは、父の写真がないのに気がついた。ものごころついてからずっと中洲《なかす》で過ごしたのだから、生家の記憶はなかったはずなのだが、船長の白い制服を着た写真が長押《なげし》にかかっていたことは、幼い脳裏にあった。それが見当たらなかった。

お母さま、泣かずにねんねいたしましょ。

歌のとおり、その翌日〈お船〉は港に入り、父は帰宅した……と思う。

傷だらけの大きなトランクから土産の玩具がまたあらわれたはずなのだが、おぼえていない。

〈赤いお船のお土産〉が、あの〈父さまの笑い顔〉ではなかったことは、たしかだ。わたしは父の笑い顔を知らない。次の出航まで父は家にいたはずだが、食事のとき以外、どこにいたのだろう。卓袱台《ちゃぶだい》をかこんで、黙々と箸《はし》を運ぶ父のかたわらに、盆をもったねえやが控えていて、空になりかけるとすかさず差し出す。無言であった。卓袱台の向かい側にいる母は、ねえやがもってきた茶碗《ちゃわん》に、お櫃《ひつ》のごはんをよそう。

祖母のところでも、食事のあいだ話がはずむということはなかったけれど、重苦しさは感じなかった。喋《しゃべ》るのと食べるのをいっしょにするのは行儀が悪いから黙っているので、不機嫌なものはひとりもいなかった。むっつりした伯父でさえ、苛立《いらだ》ちや怒りをかくしているのではなく、ただ無口なだけであったのだ。

赤ん坊である妹は、離れに寝かされたままで、わたしがろくに顔もおぼえないうちに死に、看護婦もいなくなった。

後で、わたしは思い返すことになる。わたしが家にもどったのは三月。父が帰国したのは八月。父が不在の半年ほどのあいだに、母の兄や姉たちが、いれかわり、たずねてきていた。

四人そろって訪れることもあった。座敷で母と話しあう声は、茶の間にいるわたしの耳によくとどいた。

母の長兄は常磐松町《ときわまつ》で産婦人科の医院を経営しており、往診でなくても黒い鞄《かばん》をさげていた。自家用車でのりつけ、運転手は外で待つ。次兄は大学の農学部の先生――助教授だか教授だか、わたしは知らない――。面長なところが母と似ていた。

大人が話しているときは、邪魔をしてはいけないと躾《しつ》けられていたから、わたしは息をひそめ、気配を消す。彼らがくると、ねえやはお茶をだしてから妹の世話をしに離れに行き、小谷は弟を外に遊びにつれだすよう命じられる。

母は押し黙り、ときどきすすりあげる。母のすすり泣きは、口臭をわたしに思い出させた。細面に淡い化粧を欠かさない、身仕舞いも立ち居もきれいな母だが、なにかのはずみで顔が近寄ると、白粉《おしろい》のにおいにかすかに口臭がまじるのだった。

あんた、離婚だけは、考えなさんなよ。母の長姉は、険のある声を投げる。損をするのは、女なんだからね。

母のすすり泣きが激しさを増す。

あたしたちだって、あんたたちの暮らしの面倒まではみられませんよ。我慢するんだわね。女は、それしかないの。長姉は、ひとりよく喋る。兄さんのところで産めばよかったのよ。そうすれば、すぐになんとかなったかもしれないのに。そうでしょ、兄さん。

新生児では、わからん。

兄さんが堕《おろ》せと言ったのに、あんた、内緒で産婆なんかにかかるから。

はっきり言いなさいよ、と、次姉の話し方は歯切れよい。あんたがしてほしいこと、わかってるわよ。でも、それをこっちの口から言わせるのは、ずるいじゃない。

——さんに、と、長姉はわたしの父の名をあげ、責任をとらせなさい。あんたが気に病むことはないわよ。あたしたちに相談をもちこまれても困るのよ。あの人に始末をまかせればいいんだわ。

そして、黒い鞄をさげて、母の長兄は離れにいき、ほかのものも後にしたがう。袂《たもと》で顔をおさえた母は姉たちに肩をおされ、縁側を通りすぎる。

そういうことが何度かあり、わたしは小学校にあがり、退屈な時間をすごす。

一学期が終わる前に、母は学校に呼び出されている。帰宅した母は、これはなに、と二枚の画用紙をわたしの前につきだした。

一枚は、黄金の梯子《はしご》を下りる、嘴《くちばし》の紅《あか》く爛《ただ》れた小鳥、病気の鸚哥《いんこ》、老いた白孔雀《しろくじゃく》。どれも、歪《ゆが》んだ雀のようにみえるのは、わかっていた。

二枚とも、図画の時間に、自由画を描けといわれたときの作品だ。

眼の底に視えるものを、わたしの手は描きだすことはできず、学校で指定された先端の太いクレヨンは、叔母の蔵書の西洋の絵のような微妙な色合いをもたなかった。しかし、母が血相を変えて責めるような、縊死《いし》してぶらさがった鳥たちを描いたのではない。

もう一枚は、女が三人、夜の海辺に立っている情景で、三人とも黒い服なのは、寡婦は喪服を着るものと思っていたからだ。

モローやワッツの絵のような憂いに沈んだ女を描くつもりなのに、細長い顔に棒のような手足という、拙い絵であった。年相応というところであったのだ。

わたしが描いた絵は、母の兄や姉たちをまた招集する結果になった。

一枚の稚拙な絵を座敷の卓子の上に置き、五人の大人が深刻な顔をしているのは、後で思い返せば、滑稽《こっけい》な図であったけれど、わたしはそのときは、何が悪いのかわからず、かしこまって坐っていた。

何を描いたのかと問われれば、鳥、と答えるほかはない。梯子を下りているところ、と言うと、口答えをするんじゃない、そう伯父《おじ》は顔をしかめ、口をつぐむと、すぐ拗《す》ねて黙りこむところは、あんたにそっくり、と、伯母《おば》は母に言った。

後年、何人かの死者を身近に知ることになるけれど、そのときは、縊死という言葉さえ知らなかった——書物から知識は得ていたけれど、現実と結びつかないから、かくべつ陰惨な印象も持っていなかった。

環境が悪かったのよ、と母の次姉は言っていた。蛇屋なんかにおくから、きみの悪い絵を描くようになるのよ。

先生が言うように、あの子は精神状態に問題があるんじゃないのか。そう言ったのは、母の次兄だった。

それ以上問題は追及されず、わたしは精神科医の問診をうけることもなく、夏休みになった。宿題の絵日記帳は、絵を描くべき上段のスペースは白いまま、字だけをわたしは書いた。何を描けば叱られないのかわからないから用心したのだが、教師にまた叱られる種をまいたことになる。

そのようなことが、父の帰国前にあった。

父が家にいるようになってから、また、母の兄姉が集まったことがある。

母方の四人の伯父伯母は、父を責めたてていた。そのときも、ねえやは使いに出され、小谷と弟は外に出ている。

大人たちは、ねえやと小谷の耳をはばかったので、わたしはいようがいまいが、気に留めなかったのだ。話の内容がわかるわけはないと思っていたのだろう。職業を持っているふたりの伯父がきていたのだから、日曜日か旗日だったのだろう。わたしが学校に行かず家にいたのも、そのためだ。

伯父たち伯母たちが口々に父をなじり、母はひとごとのようにぼんやりと目を宙にあずけていた。

父は黙ってうつむいていたが、口ごもりながら小声で言った。低い声だったのに、わたしは聞き取った。ぼくの子だかどうか……と言ったのだった。とっさに、わたしは、自分のことだと思った。わたしは父の子ではない。きわめて納得のいくことであった。だから、伯父の家に追いやられていたのだ。

この家には、叔母《おば》が持っていたようなきらびやかな世界をかいまみせる大人の本はないので、弟の絵本を卓袱台に置いてひろげていた。ここに帰ってきてまだ間のなかったわたしは、自分の本を買ってもらっていなかった。

絵を描くのも好きなのだけれど、鳥や喪服の女を描いただけでひどいごたごたを起こしてから用心深くなり、大人の目につくところでは描かないようにしていた。そして、大人の目につかないところといったら、便所の中ぐらいしかなく、そんなところで絵を描くのは嫌だから、描きたい場面は頭のなかにいっぱいになっていた。

座敷では騒ぎがおこっていた。母は号泣し、上の伯父は仁王立ちになり、下の伯父が父をなぐりたおした。

その後、どうおさまったのだったか。

卸金《おろしがね》でからだをすりおろされるような気分で過ごしているうちに、父はまた船に乗ったのだろう、いなくなり、わたしは学校と家を往復する生活になった。

授業は退屈だけれど、仲のいい友達もでき、とりたてて不満はない暮らしがつづいた。妹の死が、小さな出来事ではあったが、いつ死んだのか、あまりに幼かったし父も不在だったせいか、葬式はおこなわれなかった。いつ死んだのか、わたしは知らなかった。いつのまにか、消えていたというふうだ。

ぼくの子ではないかも、と父が言ったのがわたしのことではないとわかったのは、ねえやと小谷の話を小耳にはさんだからだ。

それも、一度ですぐにわかったのではなかった。いくらかくしていても、奉公人は、主家の内情を敏感に察知する。台所でときどきかわされるひそひそ話がつづりあわされ、いつとなくか、わたしの知識にまぎれこんでいた。

父が悪い病気を母にうつし、そのために妹は産まれたときからふつうではなくて、手がかかるばかりだった。つきそっていた看護婦の名を上げ、骨がないみたいにぐにゃぐにゃしていたって言ってたわ、とねえやは小谷に喋《しゃべ》っていた。

小谷は念のためと病気の検査をされたと憤慨していた。

妹が死んだのは、「常磐松の先生がなにかしたらしいわよ」ねえやは言った。

そして、ほどなく、小谷は辞めていった。

娼婦《しょうふ》という言葉は知っていたけれど、そのときのわたしは、寄港地にそういう女たちがいるとか、その多くが伝染性の悪質な病をもっているとかいった具体的な知識は、何も持たなかった。それなのに、なにがあったのか、漠然と察してはいた。

ねえやも暇《いとま》をだされ、新しいねえやがきて、妹はこの家に存在したことがなかったような日々になった。

表立って不愉快なことはない暮らしがふたたびつづいた。中洲《なかす》に行かれないことだけが淋《さび》しかったけれど、学校がひければ友達と遊びまわり、かくべつ辛《つら》いこともない日々であった。

家には読みたいような本はないが、友達の家で読みふけることができた。読みつくすと、それほど親しくはない友達の家にもでかけていった。目的はその家の本棚だから、気のあわない友達と無理に遊ぶことはしないですむ。書物は、子供の日常のうわっつらをなぞったものでさえなければ、現実の社会を書いたものであろうと、非現実であろうと、子供にとってはすべて不可思議な霧のなかの幻想世界であり、そこでこそ、楽に呼吸ができた。

中洲に行くことはなくなったかわり、母方の親類の家に、母はたびたびわたしをともなうようになった。母の兄姉たちが、長兄の医院を中心にその近辺に住んでおり、親しく行き来している。それぞれ子供も多い。わたしはそれまで馴染《なじ》みのなかったいとこたちを知るようになった。

いとこはみな、わたしよりはるかに年上だった。下の伯父の末の娘、朝子というのがただひとり同い年、上の伯父のこれも末娘佳子が三つ上で、このふたりがわたしと一番年が近く、遊び相手になった。むこうは遊んでやっているつもりだったろう。

血がつながっているだけに、どこか気質もにかよっていたのか、三人の遊びといえば芝居ごっこで、佳子が即興で筋書きをつくり、家じゅうを舞台——というよりは、ひとつの世界——として、架空の中に生きていた。

正月は、上の伯父の家に親類中が集まり、大人も子供もいっしょになって羅漢まわし、ジェスチュアと、遊び興じた。やがて、伯父たち男性は別間にうつり、わたしと朝子、佳子は二階の佳子の部屋でトランプや双六《すごろく》、そして座敷では伯母たちや母、年上の従姉《いとこ》たちが、歌留多とりの真剣勝負になる。

わたしの父は、航海にでていて、この団欒《だんらん》にはくわわらなかった。

仲のよい、和気あいあいとした血族というふうだけれど、佳子は、わたしが小学校五年になった年の夏、縊死《いし》した。三つ年上だから、そのとき十五、女学校の三年生だった。病死と教えられたけれど、朝子が真相をつたえてくれた。理由までは、朝子も知らなかった。

自分で死んでもいいのだということは、たいそう新鮮でたのもしいことに思えた。そういうと、朝子は母親ゆずりのくっきりと丸い目を大きく見開いて、首をくるなんて、気持ち悪い、と言った。チャーちゃんは、蛇屋で育ったから、気持ち悪いものが好きなのね。

忘れていた祖母の家での暮らしを、思い出させられた。母方の親類のあいだでは、わたしの前で蛇屋という言葉は一度もでたことがなかった。まるで禁句となってでもいたように。見下げた言葉だから、面と向かって言ってはいけないと、朝子も言い含められていたかのように。

4

わたしは、佳子が死んだ年を越え、十七歳になっていた。女学校の最終学年で、翌年の春卒業したら、家で稽古《けいこ》事をしながら見合いの話がもちこまれるのを待つ。学問をしたければ女子専門学校にすすむ道もあった。女子高等師範であれば、教員資格がとれ、学資はほとんどいらない。そのかわり、卒業後何年だか、教職につく義務がある。わたしは教師になりたくはなかった。自分のことさえ手さぐりなのに、他人を教えることなどできはしない。早く結婚させたい両親は、上級学校にすすむことは、いっさいゆるさなかった。

このときになって、わたしは、中洲の叔母が英語の私塾にかよっていたことを思い出した。中洲の子になっていれば、少なくとも、叔母のように私塾で英語をまなぶことをゆるされただろうか。叔母がその後どうしているのか、知らなかった。

小学校のころのように母方のいとこたちとつきあう機会もへっていたが、正月に常磐松の伯父の家の集まりで朝子に会ったとき、卒業したらどうするの？ と訊《き》いた。ほかのいとこたちは、みな結婚して家族持ちになっており、本家の伯父にあいさつに来ないものもあり、集いは活気を欠いてきていた。

朝子とわたしは、二階の、かつては佳子の部屋だった座敷で、正月の遊びをする気にもならずぽつりぽつりと話をかわしていた。

佳子の気配を感じさせるものは、部屋に、何一つ残っていなかった。佳子がいつも使っていた机も、その前に置いてあった縞《しま》模様の座蒲団《ざぶとん》も、両開きのガラス戸の内側に青いカーテンをさげた本棚も、納戸にしまいこまれ、座敷はがらんとしていた。

結婚するわと、朝子は言った。

きまったの？

まだだけど。こないだお見合いしたから、決まるんじゃない。ひとごとのように、朝子は言った。

結婚、したい？

別に。でも、ほかにやりたいこともないし。

佳子さんが死んだの、そのせいかしら。結婚は嫌だし、ほかにしたいことないし、死ぬぐらいしか、したいことがなかったのかしら。

ちがうわよ、と朝子は言った。美佐子さんが死んだの知っているでしょう。

美佐子さんて、だれ？

敏夫さんのおヨメさんじゃないの。

敏夫というのはだれだろうと、従兄《いとこ》たちの顔を思い浮かべ、佳子のいちばん上の兄と思い当たった。

朝子は口を近づけて、美佐子さん、殺されたのよ、と教えた。

大きな声をあげかけたわたしを、指で口をおさえてとめ、その指を下にむけて、本家の伯父様《おじさま》によ、と告げた。

美佐子は精神に異常をきたし、ときどき、大声でわめき騒ぐようになった。そのたびに、伯父が鎮静剤をうって眠らせていたが、何度めか、眠りから覚めずに死んだ。心不全ということになった。

佳子さん、それを知って、縊死したの。書き置きがあったんだって。裏に何があったのか、推量はついたが、わからないふりをして黙っていると、伯父様、わざと薬の量をふやしたんだって。佳子さん、わたしにそう教えて、それから死んだわ。朝子は言った。

佳子は、朝子にはなんでもうちあけたのだな、とわたしは少し羨《うらや》んだ。

うちの血統って、そういうふうなのよ。朝子はつづけた。わたしのお母様、不妊手術をさせられているのよ、お父様と伯父様が相談して、そうしたの。

朝子の母が後妻だということは、わたしも知っていた。生母は朝子が三つのときに死んでいる。後添いをいれたのは、子供たちの世話をさせるためなので、実子ができると前妻の子の世話がゆきとどかなくなるからと、不妊の処置をとった。しかし、不十分だったらしく、妊娠した。それとわかって、本家の伯父がすぐに掻爬《そうは》したのだが、麻酔をかけるとすぐに動けなくて家事がとどこおるからという朝子の父の希望で、手術は麻酔なしでおこなわれた。

それ知って、朝子ちゃん、自殺したくなった？

まさか。わたしと関係ないもの。

佳子が自殺したのは、父親の冷酷さにうちのめされたというより、その冷酷な血が自分にも流れているとみとめる疎《うと》ましさからだったのではないかと、わたしは思った。佳子の父の冷酷な血、朝子の父の冷酷な血は、わたしの母にも流れているし、母からわたしにもつたわっている。

死ぬと、楽ね。わたしはつぶやき、朝子は死ぬのなんて、ぜったい嫌だ、と言った。

5

中洲《なかす》へ行く道を、わたしはおぼえていなかった。

地図でしらべたが、大川に中洲は存在していないと知った。幼いときの記憶は全部嘘だったのだろうか。女学校最後の冬休みに入る直前、学校の冷え冷えとした図書館でしらべた。地名事典に、大川の中洲は埋め立てられたと書かれてあった。

わたしは市電を乗り継ぎ、かつて橋のかかっていたあたりに行ってみた。橋はいまもあった。男橋と女橋。

女橋を渡った。

蛇屋横丁にはいると、かすかになまぐさいにおいがした。出窓にはアルコール漬の蛇の瓶がならび、白い腹をみせた蛇がガラス窓に模様のように貼りついていた。

どぶ板を踏んで狭い廂間《ひあわい》に入り、裏から庭にまわった。焚《た》き火《び》のにおいがした。

庭に叔母が立ち、ノートを破っては炎にくべていた。

そのかたわらに並んで、鞄《かばん》から紙の束をだした。

なに、それ？　と叔母が訊いた。

わたしは笑って答えず、叔母にならって、炎に投じた。

いつごろからか書きためた〈お話〉だと、他人に告げるのは気恥ずかしい。中洲を舞台にした話もあり、そうでないものもあった。

次々にお話は灰になっていった。

縁側に、祖母と、足をなげだした人形がならんでいた。

大きいチャーちゃんが燃えつきたとき、小さいチャーちゃんは、祖母と叔母にほほえみかけた。

ずっと、先のことを視ていたの、と人形は祖母にえくぼを見せ、チャーちゃん、おやつにしようね、祖母は言った。

＊引用の詩は、西條八十『砂金』より。

解説

葉《は》山《やま》響《ひびき》

好きな作品について語る機会を得られるというのは本当に幸せなことである。幸せ過ぎて今の僕は舞い上がってさえいる。だから忘れないうちに書いておこう。本書は一九七二年、ジュヴナイル『海と十字架』により作家活動を開始し、以後矢継ぎ早に数々の傑作を生み出してきた――八四年『壁　旅芝居殺人事件』により日本推理作家協会賞、八六年『恋紅』により直木賞、九〇年『薔薇忌』により柴田錬三郎賞、九七年『死の泉』により吉川英治文学賞受賞と、周囲からも常に最高の評価を得てきた――稀有《け う》な才能の持ち主・皆川博子の、間違いなく最高傑作のひとつである。僕のような無名の解説者の言うことなど信じられないという方のために申し添えておくと、初刊時には異才・久世光彦をはじめ、幻想文学評論家・東雅夫や、ミステリ評論家・千街晶之ら最高級の読み手たちが本書に惜しみない賞賛の言葉を贈っているから、まずは僕の拙い文章など読み進めていないで、安心して本書をレジに持って行って会計を済ませて戴《いただ》きたい。

さて――

作品集『水底の祭り』（七六年）や『愛と髑髏と』（八五年）、長編『巫女の棲む家』（八三年）などのような皆川博子の幻想小説は、僕にとってとりわけ畏怖《いふ》すべき存在だった。簡単に言えば、怯《おび》えながら読んでいた。絢爛《けんらん》たる毒が存分に振り撒《ま》かれた世界。光の裏に影がある――というよりも、光と影が自己を主張しながら綯《な》い交《ま》ぜになっているような強烈な世界。皆川作品に触れる際、僕はいつも小さな穴から大人の世界を覗《のぞ》き込んでいる子供のような――覗き込むのが禁忌だと判っていながら、しかし覗かずにはいられない――感触を覚えた。例えば短編「蜜の犬」や「猫の夜」は大好きな作品なのだが、読了した後は毒の効き目の強さの故に、一週間ほど小説から離れていたい気分にもさせられたものだ。「瑠璃燈」や「雪衣」「黒塚」などが収録された文庫版『旅芝居殺人事件』（八七年）も、手に取った当時中学生だった僕にはあまりに濃密過ぎて、とても一度には読み通せなかったことをよく覚えている。

勿論《もちろん》、これは作品に対する否定的意見などでは毛頭ない。そのような世界を生み出すことのできる祝福された作家が、現在においても過去においても一体どれだけ存在する（存在した）というのだろう！　それに、超絶技巧の傑作である『聖女の島』（八八年）や、巧緻《こうち》なミステリ『花の旅　夜の旅』（七九年、別題『奪われた死の物語』）、能の世界に材を求めた作品集『変相能楽集』（八八年――この中に収録されている「幽《かく》れ窓」は、皆川短編の最高峰のひとつではないかと思う）などの作品は、あまりの素晴らしさに一気に読み切ってしまったことを、これまたよく覚えている。しかし、彼女の作品を前にした時、僕の心の奥底にはいつも微《かす》かな怯えがあった。或《あ》る意味で皆川作品と相対するには、それなりの覚悟が必要だったのだ。

そんな皆川作品の印象が少しずつ変わってきたのは、作品集『たまご猫』（九一年）あたりからだったろうか。行間に余裕が生まれ、微妙に口当たりが良くなってきたように感じられたのである。この傾向は、岡田嘉夫との見事な連携によって生み出された『朱鱗《うろこ》の家　絵双紙妖綺譚』（九一年）、時代ミステリや幻想短編を収録した『化蝶記』（九二年）、各短編が緩やかな結びつきを見せる『骨笛』（九三年）と、新しい作品集が刊行されるにつれて少しずつ強まってきた。そして（飽くまで私見だが）その変容は、平明な文体で綴《つづ》られた傑作集『あの紫は　わらべ唄幻想』（九四年）でひとつの山場を迎え、遂には本書『ゆめこ縮緬』（九八年）において頂点に達したように思われる。この作品集を、僕は最早《もはや》怯えを感じることもなく、恍惚《こうこつ》として読み進めた。

但し断っておくが、これは作品の毒が薄らいだとか、枯れた味わいで読ませるようになったとか、そういうことでは全くない。毒や奇想をそのまま含みながら、口当たりだけが良くなったのである。これは恐ろしいことではないか。かつては「危険である」とはっきり認識できた毒が、今や毒であると気づかせないほど口当たりが良いものに、しかも恍惚感という中毒性までをも帯びた厄介な麻薬に姿を変えたのだ。初期の段階からあれほど素晴らしい作品を発表していながら、皆川博子は更に一段高いところへ足を運んでみせたのである。ここに皆川博子という作家の、真の恐ろしさを感じることができる。

本書は、そんな皆川博子がたおやかな変容の果てに生み出した至高の作品集であり、九〇年代の国産幻想文学を代表する存在であると、僕は称揚して憚《はばか》らない。

『ゆめこ縮緬』には、主に大正時代から昭和初期あたりを舞台に据えたと思《おぼ》しい八つの短編が収録されている。いずれもが蠱惑《こわく》的な美しさに満ちた密《ひそ》やかな物語であり、この作品集に出会えたことの幸せに胸が詰まりそうになる、そんな傑作揃いだ。

各作品についても少しずつ触れておこう。

「文月の使者」

煙草屋での異様な出来事を、諧謔《かいぎゃく》を含ませて描いた傑作。生者と死者が入り乱れ、やがてはどちらが〝生〟でどちらが〝死〟なのかさえ判らなくなってくるような錯覚を覚える。集中随一というだけでなく、日本幻想文学史上屈指の名編と言えるだろう。

「影つづれ」

玉藻前の伝説を核にした怪異譚《たん》。前半の展開から、本格的に中国伝奇ものに挑んだ

『みだれ絵双紙　金瓶梅』(九五年)の影響も感じ取ることができる。冷ややかさと優しさが混在した幕切れの鮮やかさが見事。

「桔梗闇」

見世物小屋での記憶を、父の後添いに重ね合わせる少年の物語。西條八十の詩が極めて効果的に使用されており、作品集『あの紫は　わらべ唄幻想』にも通じる作品。

「花溶け」

血の雫《しずく》が落ちたところから地蔵が生える、という描写には度肝を抜かれた。

少女の心のままで嫁いだ女性の眼前に展開する、白昼夢とも現実ともつかぬ光景。ストーリーに添えられた異国趣味がこの作品を更に印象的なものにしている。ちなみに、バラさんと呼ばれるロシア人女性・ヴァレンシアは、『変相能楽集』中の一編「青裳」でも名前のみ登場したことがあり、作者にとって思い出深い存在なのかと思わず勘繰りたくなってしまう。

「玉虫抄」

豊かな色彩感覚に包まれた、皆川博子の十八番である少女もの。官能的な桃の描き方も鮮烈な印象を残す。――なお余談だが、久世光彦にも『桃』という優れた作品集があるので、そちらのほうも興味があれば是非手に取って読み比べて戴きたい。

「胡蝶塚」

暴君としての父親のイメージは短編「巫子」や時代長編『乱世玉響《らんせいたまゆら》　蓮如と女たち』（九一年）に最も顕著に現れているが、この作品はそれよりも、軍人の家に生まれた子供が体験する、家族の歪《ゆが》みと秘めやかなエロスに焦点が置かれたものだろう。タイプは違うが、ふと武田泰淳の『貴族の階段』を思い出した。

「青火童女」

荒れた家、腐乱する若衆に擬された肖像画、青火、人形の群れ……道具立ても万全な、集中最も手の込んだ作品だが、なんといっても玉緒という少女の造形が圧倒的。一言「参りました」と頭を下げるしかないくらい、凄《すさ》まじいキャラクターであると思う。

「ゆめこ縮緬」

最後に火の中へと投じられてしまう「お話」は、本作に収録されている短編のことなのか。もしそうだと考えると、ラストにおいてこの作品集はまるごと灰になってしまうのだ。作品集の締めに相応《ふさわ》しい、凄絶《せいぜつ》なまでの〝軽み〟を湛《たた》えた一編。

蛇足ながら、矢張り最後にもう一つ付け加えておきたい。『ゆめこ縮緬』が傑出した出来栄えになった理由として、時代小説からの影響も挙げられるのではないか。

本書に収録された短編は、九五年から九八年にわたって〈小説すばる〉に断続的に掲載されたものだ。一方、これと同時期に皆川博子は、歴史小説と伝奇小説を巧みに融合させた『戦国幻野　新・今川記』（九五年）、芝居町を舞台に恋と意地を描き上げた『花櫓』（九六年）、戯作《げさく》調娯楽活劇長編『笑い姫』（九七年）の三大傑作を世に放っている。その中でもとりわけ印象的だったのは、「遂にここまで――」と、その柔らかな境地に目を瞠《みは》らされた世話物の雄編『花櫓』だが、粋な雰囲気や優美な筆致といった点で、本書はこの『花櫓』から微妙な影響を受けているようにも思われるのだ。巻頭の「文月の使者」の諧謔もまた、『笑い姫』と相互に影響しあった結果と考えることもできるだろう。つまり本書は、やや（かなり？）牽強付会《けんきょうふかい》めくが、幻想小説と時代小説の最良の部分が幸福な融合を見せた、皆川博子の集大成的な作品とも言えるのだ。

しかしその集大成的な本書と同年に、作者は奇想の極北とでも言うべき、とんでもない作品集『結ぶ』をも刊行している。語り口は自在にして奔放を極め、まったくもって皆川博子という作家は油断がならない。『ジャムの真昼』（二〇〇〇年）でも彼女の想像力は留《とど》まるところを知らず、その筆致は思わず〝慈愛〟という言葉を使いたくなるほどに、優しい。

何はともあれ、この奇想繚乱《りょうらん》の作品集、これから読み始める方は、心ゆくまで上質な幻想の世界に遊んで戴《いただ》きたい。

集英社文庫版（二〇〇一年）より転載。

『ゆめこ縮緬』を読む　皆川博子には足がない

久世《くぜ》光彦《てるひこ》（演出家・作家）

この人には足がない、と私は思った。足がなければ、お化けである。そう言えば三月ほど前、舞台稽古中の新橋演舞場でお逢いしたとき、この人が身につけていたのは、開《あ》かずの蔵の葛《つづら》の中から出てきたような、ぼんやりした明け方の夢の色に似た、儚《はかな》げな水色の着物だった。大正のころの土蔵の裏には、きまって細い疏水《そすい》があって、その畔《ほとり》には姿のいい柳が二、三本植えられ、風にそよいだ枝が土蔵の白壁を撫でていたものだ。その日、暗い演舞場の客席に、何をどう間違えたものか、そんな柳が立っていて、その下に皆川さんが童女みたいに可愛く笑っていた。暗くて足元までは見えなかったが、そのとき、この人には足がなかったに違いない。

足のない人が書いた文章には敵《かな》わない。読んでいて嫌になる。書くのが嫌になる。自分の才能がどうのという話ではなく、こんな文章がいまでもこの世にあるのなら、何も私は書くことはない。かねてから思っていることだが、どうも私は、読むことの方が幸福らしい。——というくらい、『ゆめこ縮緬《ちりめん》』の文章は、叫びたいほど怖く、くしゃみが出そうになるくらい可笑《おか》しく、しかもボロボロになった黒魔術の秘本を開くときのように、胸が冷たくときめくのである。さて、このお化けの書いた文章を何にたとえようか。――内田百閒の「サラサーテの盤」を想う人もいるかもしれない。

――死んだ友人の細君が、夕暮れになると訪ねてきて、主人が生前、これこれという本をお貸ししていたはずだから、返して欲しいと言う。探し出して返すと、また次の日うっそりと玄関に立って、こういう本もこちらにきているはずだと言う。友人という男は、人に貸した本をメモしておくほど几帳面ではなかった。気味が悪いのだが、そう言われてみると、確かに細君のいう本はどれも家にある。そうして、毎日、日暮れになると赤い鼻緒の下駄を履いて、影みたいな細君がやってくるという、言ってみればそれだけの話なのだが、これが怖い。

大正のころ谷崎が書いた「白昼鬼語」とか、「ハッサン・カンの妖術」「饒太郎《じょうたろう》」なんかを思い出す人もいるだろうし、漱石の「夢十夜」や、鏡花の「草迷宮」が浮かぶ人もあろう。私はと言えば、近松秋江の「黒髪」みたいな、進むようで進まない、もどかしく彷徨《さまよ》う文章が、ふと蘇《よみがえ》ったりした。けれど、『ゆめこ縮緬』のいちばんはじめの「文月の使者」に見られる絶妙に色っぽい会話は、鏡花に似て、鏡花を抜いている。いったい誰がどの台詞《せりふ》を喋っているのか、しばらくわからないという技は、宇野浩二のようで、もっと謎が豊かに艶《つや》っぽい。というように、『ゆめこ縮緬』はお化けが書いただけあって、ちょっとその凄さを他にたとえようがない。中でも「文月の使者」は、この何十年の奇蹟だと、私は思う。——ただ、この奇蹟は、いますぐには信じられないかもしれない。私も、皆川さんもいなくなった百年の後、ポーの「アッシャー家の崩壊」や、リラダンの「ヴェラ」のように、たおやかに美しい伝説として黄昏《たそがれ》の中に輝くことだろう。これは、私の自信に充ちた予言である。

話し手が、実は死者であったというのは、小賢《こざか》しい外国の推理小説なんかに、なくはないが、「文月の使者」での、死者が使者であることがわかるタイミングと、よく考えられた文章は、みごとと言うしかない。ちっともびっくりしないで、音も光も伴わない雷に打たれたみたいに、飛び上がるくらい、びっくりさせられるのである。途端に頭から水を浴びせられたように怖くなり、怖くなった分、追い立てられるように面白くなる。このいきなり走り出す呼吸と、後を追いかけた私たちが、路地を入ってフッと死者の姿を見失ってしまったような——そんな結末のあっさりした語り口が、これまた絶妙に粋《いき》なのだ。息をつめていた私は、どっと疲れ、長い溜息をつき、いま出遭ったものはいったい何だったのだろうと身震いする。それからしばらくして、ふと思う。——生きているということと、死んでいるということは、私たちがじたばたするほど、大した違いがあるわけではないのだ。

この話も、巻末の「ゆめこ縮緬」も、舞台は男橋と女橋を渡っていく、大きな川の中洲である。大水が出て橋が流れると、そこはこの世ともあの世ともつかぬ世界になり、過去といまとが分別しにくい、不思議な時間の国になる。そこでは、どんなおぞましい人間関係も当たり前の世間話になり、人の生き死にさえ、発条《ぜんまい》の切れた時計が止まったぐらいの意味しか持たなくなる。日が当たるでもなく、当たらないでもなく、風があるようで、それは思い違いのようでもあり、会釈して行き過ぎる町の人たちも、意地悪く振り返ってみれば、みんな足がないのかもしれない。中洲の中が幻なのか、こっちの岸の現世の方が、実は大きな幻なのか――まあ、どうでもいいかと思ったとき、人は幸福なのである。

「文月の使者」には、私たちが忘れかけている言葉がたくさん出てきて嬉しい。《ぐっしょりと。それ、雫《しずく》が垂《た》ってるじゃないか》《乾かしてからでなくては、いじることもできない》《片手でそっと抱くと、思いのほか持ち重《おも》りがする》《よろけ縞の裾からのぞいた素足が……》《台所に酒がある。ご雑作《ぞうさ》だが、茶碗といっしょにもってきてくれまいか》――こうした、ちょっと古い言葉づかいで、逆に文章がやわらかになり、話を運ぶリズムが生まれる。その上、漢字と仮名の按配《あんばい》が、何とも気持ちがいい。この人の書く文章は、目で見て美しく、耳に聴いて快いのだ。

ここに収められた八つの隠花植物たちの名を見るだけで、私は噎《む》せて死にそうになる。「文月の使者」「影つづれ」「桔梗闇」「花溶け」「玉虫抄」「胡蝶塚」「青火童女」、そして「ゆめこ縮緬」――酔って、乱れて、夢から覚めて、ふと足元に目をやれば、私の足は膝から下は朧《おぼ》ろに霞んで、そこから先が見えなかった。私は、信じられない幸福に、もう一度息が絶えそうになる。

『青春と読書』（一九九八年六月号）より再録。

編者解題

日下《くさか》三蔵《さんぞう》

あわてて最初に書いておくが、本書『ゆめこ縮緬』は、数ある皆川《みながわ》作品の中でも指折りの幻想小説集である、いや、単に皆川作品の中というだけでなく、日本で書かれた幻想小説集の中でトップクラスの傑作と言っていい。このジャンルに興味がある読者にとっては、読まないとソンと自信を持って言い切れる数少ない本のひとつなので、怪奇と幻想を愛する同好の士の皆さんは、どうか安心して本書を手にとっていただきたい。

さて、皆川博子《ひろこ》が児童向け時代小説『海と十字架』を刊行して作家としてデビューしたのが一九七二（昭和四十七）年のことだから、その活動は二〇一九年現在で四十七年の長きに及ぶことになる。

その間、一貫して質の高い作品を発表してきたにもかかわらず、正当な評価を受けてきたとは言い難いのは、中間小説誌全盛で読者に分かりやすい娯楽作品が求められていた時代の故もあるだろう。

海外のシュールレアリスム小説に傾倒し、デビュー当初から幻想小説を書きたいと語っていた皆川博子だが、中間小説誌の編集者には、なかなかその希望は理解されなかった。それでも数少ない機会を見つけて発表してきた幻想小説は、八五年になって、ようやく『愛と髑髏と』（85年1月／光風社出版→91年11月／集英社文庫）として単行本化された。

以後、伝統芸能に材を採った破格の連作『変相能楽集』（88年4月／中央公論社）、芝居の世界を舞台にした作品を集めて第三回柴田《しばた》錬三郎《れんざぶろう》賞を受賞した『薔薇忌』（90年6月／実業之日本社→93年11月／集英社文庫→14年6月／実業之日本社文庫）、岡《おか》田《だ》嘉夫《よしお》画伯とコラボした妖異《ようい》時代小説集『絵双紙妖綺譚　朱鱗《うろこ》の家《いえ》』（91年9月／角川書店→93年7月／角川ホラー文庫／『うろこの家』と改題）、童謡をモチーフにした連作『あの紫は　わらべ唄幻想』（94年5月／実業之日本社）、少女が出てくる幻想譚《たん》を集めた『巫子《みこ》』（94年12月／学習研究社→00年12月／学研M文庫）と一作ごとに力強くジャンルを開拓してきた皆川幻想小説は、九八年にひとつのピークを迎えることになる。それが本書『ゆめこ縮緬』（98年5月／集英社→01年4月／集英社文庫）と『結ぶ』（98年11月／文藝春秋→13年11月／創元推理文庫）の二冊である。

まずは収録作品の初出一覧を掲げておこう。いずれも集英社の月刊誌「小説すばる」に掲載されたものである。

文月の使者　「小説すばる」96年7月号
影つづれ　「小説すばる」95年7月号
桔梗闇　「小説すばる」95年1月号
花溶け　「小説すばる」98年2月号
玉虫抄　「小説すばる」97年3月号
胡蝶塚　「小説すばる」96年1月号
青火童女　「小説すばる」97年7月号
ゆめこ縮緬　「小説すばる」97年10月号

これらの短篇を雑誌で読む度に、「えっ？」とか「おっ！」といった声を上げていたのだが、単行本としてまとまったものを通読した際には、あまりの完成度の高さに絶句するしかなかった。そう思ったのが私だけではない証拠として、東雅夫《ひがしまさお》氏が「SFマガジン」に書いた書評をご紹介しておきたい（引用は双葉社刊『ホラー小説時評1990-2001』より）。

皆川博子の最新短篇集『ゆめこ縮緬』を読んでいたら、卒然と、中洲へ足を向けてみたくなった。

東京都中央区日本橋中洲――新大橋と清洲橋のあいだ。隅田川がS字を描く西岸に、へばりつくように位置する三角地帯である。

高速道路建設に際して支流が埋め立てられるまで、この一郭は隅田川に浮かぶ小島だった。佐藤春夫の愛すべきユートピア幻想譚「美しい町」の舞台であるといったら、あるいはそれと思い当たる向きがあるやもしれない。

仕事場のある両国から中洲までは、歩いても三十分とかからない。狸囃子《たぬきばやし》でも聞こえてきそうな曇天下、夕闇せまる隅田川につかずはなれず、そぞろ歩いてたどりついたそこは、狭い土地に巨大なマンション群が林立する無味乾燥な場所だった。

永井荷風や吉井勇ら大正文士に愛された紅灯狭斜の巷の面影は欠片《かけら》もない……どころか、寂れ果てた旧花街の残り香すら、今となっては探し求めるよすがもないらしい。

皆川博子が、本書所収の「文月の使者」や「青火童女」で描く中洲は、そんな、今は失われた非在の土地、幻めく廃市としての中洲である。

そこには「達者なものまで病気になっちまいそうな」脳病院があり、うらぶれた淫売宿があり、閉鎖された芝居小屋があり、薄汚れた路地裏があり……それらの奥処には「男とみると、誘い入れる」魔性のものが潜む気配。「行き場を追われた魔性、化生が、中洲に寄り集まってくる」のだ。

収められた八篇すべてが中洲と関わるわけではないのだが、巻末に置かれた表題作に、実はひと工夫あった。それを附会と感じさせないのは、「妖異のトポス」としての中洲の描写が精彩を放つがゆえであろう。

幽明の反転、凶行の予感、時間の陥穽《かんせい》、肉体の煉獄……いつに変わらぬ皆川魔界のメイン・テーマが次々と繰りだされてゆくが、しかし今回は、その語り口にめざましい特色があった。

巻頭作を数頁読みすすめただけで、それ者にはピンとこよう。体言止めと暗喩の多用、服飾や植物をめぐる絢爛《けんらん》たる語彙《ごい》の羅列、艶にして謎めいた会話の連なり――そう、これは紛れもない鏡花調。あの変幻自在な文体、絶妙の呼吸を、かくも自家薬籠中のものとした例を、私はほかに知らない。

鏡花ゆかりの趣向は、文体のみにとどまらない。大正から昭和初期という時代設定、画学生や日陰の女といった登場人物、そして、ときに怪しく、ときに淫靡《いんび》に、全篇を彩る異界の投影。しかもここぞという勘所で、西條八十『砂金』の大正デカダンスな詞章がちりばめられる、ときては！　ホラー・ジャパネスクの水準を確実にワン・ランク押しあげた、これは凄艶なる傑作である。

東さんは一ページのコラムの半分以上を『ゆめこ縮緬』一冊に費やしており、その衝撃度の高さがうかがえる。なお、東さんは平成の三十年間に発表された作品を対象とした名作アンソロジー『平成怪奇小説傑作集』の第一巻（19年7月／創元推理文庫）に「文月の使者」を収録しておられる。怪奇小説ファンとしても、皆川ファンとしても、納得のチョイスである。

本書には他に、単行本の刊行時に集英社のPR誌「青春と読書」の「本を読む」コーナーに掲載された久世《くぜ》光彦《てるひこ》氏のエッセイ「皆川博子には足がない」（98年6月号）と、集英社文庫版に寄せられた葉山響《はやまひびき》氏の解説を、それぞれ再録させていただいた。先ほどご紹介した東さんの書評と併せて読んでいただければ、それ以上に私が付け加えることは、ほとんどない。

一点だけ。短篇集『化蝶記』（92年10月／読売新聞社）に収録された「月琴抄」（「オール読物」91年11月号）は中洲シリーズの一篇であり、「文月の使者」の前日譚に相当する内容になっているので、本書を楽しまれた方は、ぜひ、こちらも読んでいただきたい。『化蝶記』は入手困難な本だったが、文庫未収録作品を対象とした選集の第七巻『皆川博子コレクション7　秘め絵燈籠』（14年10月／出版芸術社）にそのまま収めておいたので、現在は容易に入手できるはずである。

二〇一八年十月に『夜のリフレーン』（KADOKAWA）、一九年三月に『夜のアポロン』（早川書房）と皆川さんの単行本未収録短篇集二冊を編纂《へんさん》する機会を得たが、そのうち『夜のリフレーン』の方が幻想小説系の作品をまとめたものだったことから、著者の幻想小説集を角川文庫で再刊してはどうか、という企画に繋《つな》がり、本書が刊行されるに至った。

読者の皆さんのご声援次第ではあるが、二〇二〇年には、『愛と髑髏と』が角川文庫に入ることになっているし、数年後には『夜のリフレーン』も文庫化されることだろう。おそらく、いまがもっとも多くの皆川作品を新刊書店で買える時代ではないかと思う。この幸運に感謝しつつ、ひとりでも多くの読者が皆川世界の虜《とりこ》になることを願ってやまない。

本書は二〇〇一年四月に集英社文庫より刊行されました。

角川文庫化にあたり「『ゆめこ縮緬を読む』皆川博子には足がない」と編者解題を新たに付しました。

ゆめこ縮《ちり》緬《めん》

皆《みな》川《がわ》博《ひろ》子《こ》

令和元年 9月25日　初版発行
令和7年 7月5日　7版発行

発行者●山下直久

発行●株式会社KADOKAWA
〒102-8177　東京都千代田区富士見2-13-3
電話　0570-002-301(ナビダイヤル)

角川文庫 21799

印刷所●株式会社KADOKAWA
製本所●株式会社KADOKAWA

表紙画●和田三造

●お問い合わせ
https://www.kadokawa.co.jp/(「お問い合わせ」へお進みください)
※内容によっては、お答えできない場合があります。
※サポートは日本国内のみとさせていただきます。
※Japanese text only

ISBN 978-4-04-108199-0　C0193

JASRAC 出 1903782-507

◆◇◇

角川文庫発刊に際して

角川源義

第二次世界大戦の敗北は、軍事力の敗北であった以上に、私たちの若い文化力の敗退であった。私たちの文化が戦争に対して如何に無力であり、単なるあだ花に過ぎなかったかを、私たちは身を以て体験し痛感した。西洋近代文化の摂取にとって、明治以後八十年の歳月は決して短かすぎたとは言えない。にもかかわらず、近代文化の伝統を確立し、自由な批判と柔軟な良識に富む文化層として自らを形成することに私たちは失敗して来た。そしてこれは、各層への文化の普及滲透を任務とする出版人の責任でもあった。

一九四五年以来、私たちは再び振出しに戻り、第一歩から踏み出すことを余儀なくされた。これは大きな不幸ではあるが、反面、これまでの混沌・未熟・歪曲の中にあった我が国の文化に秩序と確たる基礎を齎らすためには絶好の機会でもある。角川書店は、このような祖国の文化的危機にあたり、微力をも顧みず再建の礎石たるべき抱負と決意とをもって出発したが、ここに創立以来の念願を果すべく角川文庫を発刊する。これまで刊行されたあらゆる全集叢書文庫類の長所と短所とを検討し、古今東西の不朽の典籍を、良心的編集のもとに、廉価に、そして書架にふさわしい美本として、多くのひとびとに提供しようとする。しかし私たちは徒らに百科全書的な知識のジレッタントを作ることを目的とせず、あくまで祖国の文化に秩序と再建への道を示し、この文庫を角川書店の栄ある事業として、今後永久に継続発展せしめ、学芸と教養との殿堂として大成せんことを期したい。多くの読書子の愛情ある忠言と支持とによって、この希望と抱負とを完遂せしめられんことを願う。

一九四九年五月三日

角川文庫ベストセラー

赤い月、廃駅の上に　有栖川有栖

廃線跡、捨てられた駅舎。赤い月の夜、異形のモノたちが動き出す——。鉄道は、私たちを目的地に運ぶだけでなく、異界を垣間見せ、連れ去っていく。震えるほど恐ろしく、時にじんわり心に沁みる著者初の怪談集！

幻坂　有栖川有栖

坂の傍らに咲く山茶花の花に、死んだ幼なじみを偲ぶ「清水坂」。自らの嫉妬のために、恋人を死に追いやってしまった男の苦悩が哀切な「愛染坂」。大坂で頓死した芭蕉の最期を描く「枯野」など抒情豊かな9篇。

怪しい店　有栖川有栖

誰にも言えない悩みをただ聴いてくれる不思議なお店〈みみや〉。その女性店主が殺された。臨床犯罪学者・火村英生と推理作家・有栖川有栖が謎に挑む表題作「怪しい店」ほか、お店が舞台の本格ミステリ作品集。

最後の記憶　綾辻行人

脳の病を患い、ほとんどすべての記憶を失いつつある母・千鶴。彼女に残されたのは、幼い頃に経験したというすさまじい恐怖の記憶だけだった。死に瀕した彼女を今なお苦しめる、「最後の記憶」の正体とは？

眼球綺譚　綾辻行人

大学の後輩から郵便が届いた。「読んでください。夜中に、一人で」という手紙とともに、その中にはある地方都市での奇怪な事件を題材にした小説の原稿がおさめられていて……珠玉のホラー短編集。

角川文庫ベストセラー

フリークス　綾辻行人

狂気の科学者J・Mは、五人の子供に人体改造を施し、〝怪物〟と呼んで責め苛む。ある日彼は惨殺体となって発見されたが!?——本格ミステリと恐怖、そして異形への真摯な愛が生みだした三つの物語。

殺人鬼 ——覚醒篇　綾辻行人

90年代のある夏、双葉山に集った〈TCメンバーズ〉の一行は、突如出現した殺人鬼により、一人、また一人と惨殺されてゆく……いつ果てるとも知れない地獄の饗宴。その奥底に仕込まれた驚愕の仕掛けとは？

Another (上)(下)　綾辻行人

1998年春、夜見山北中学に転校してきた榊原恒一は、何かに怯えているようなクラスの空気に違和感を覚える。そして起こり始める、恐るべき死の連鎖！　名手・綾辻行人の新たな代表作となった本格ホラー。

霧越邸殺人事件〈完全改訂版〉(上)(下)　綾辻行人

信州の山中に建つ謎の洋館「霧越邸」。訪れた劇団「暗色天幕」の一行を迎える怪しい住人たち。邸内で発生する不可思議な現象の数々…。閉ざされた〝吹雪の山荘〟でやがて、美しき連続殺人劇の幕が上がる！

深泥丘奇談《みどろがおかきだん》　綾辻行人

ミステリ作家の「私」が住む〝もうひとつの京都〟。その裏側に潜む秘密めいたものたち。古い病室の壁に、長びく雨の日に、送り火の夜に……魅惑的な怪異の数々が日常を侵蝕し、見慣れた風景を一変させる。